Der tote Magier

Aurelia Floss

AF188873

AURELIA FLOSS

DER TOTE MAGIER

Bibliografische Information der Deutschen
Nationalbibliothek:
Die Deutsche Nationalbibliothek verzeichnet diese
Publikation in der Deutschen Nationalbibliografie;
detaillierte bibliografische Daten sind im Internet über
http://dnb.dnb.de abrufbar.

2. Auflage 2019 Unterkirnach
© Aurelia Floss
URL www.aureliafloss.wordpress.com

Lektorat & Korrektorat: Lisa Reim www.lektorat-reim.de
Covergestaltung: Designs EE www.designsee.tumblr.com

Herstellung und Verlag: BoD – Books on Demand,
Norderstedt

ISBN: 978-3-7481-8134-7

PROLOG

Was für ein Tag, dachte Meister Fero, als er sich in seinen Lehnstuhl sinken ließ. Heute war ihm wieder alles gelungen, was er sich vorgenommen hatte. Der Rat der obersten Magier war mehr als zufrieden gewesen mit all seinen Vorschlägen für die Zukunft der Gilde. Selbst das Gespräch mit dem königlichen Beamten war gut verlaufen. Wie es aussah, würde der König seine Zuwendungen an die Gilde in naher Zukunft doch nicht verringern. Auch dafür hatte er vom Rat viel Lob erhalten.

All das war gut. Aber es war nicht das, was diesen Tag so vollkommen für ihn machte. Was ihn in solche Hochstimmung versetzte, war der Zauber, an dem er nun schon seit Monaten feilte und den er nun vervollkommnen konnte. Er hatte von Anfang an gewusst, dass es möglich war. Und dass er es schaffen konnte. Noch nie hatte er nicht erreicht, was er sich vorgenommen hatte. Und als er die Leitung der Magiergilde von seinem Meister übernommen hatte, wusste er, dass auch er der größte Magier seiner Zeit werden würde. Schließlich hatte auch er vom Besten gelernt. Wäre er nicht der Herausragendste von allen gewesen, wäre er niemals von ihm als Lehrling ausgewählt worden.

Lächelnd strich er mit den Fingerspitzen über die schwungvoll beschriebenen Pergamentseiten mit der neuen Zauberformel, als er spürte, wie jemand durch seinen Schutzzauber an der Mauer trat. Er konnte ein unwilliges Brummen nicht unterdrücken, als er erkannte, wer es war.

Sein Zauber strich über die Person hinweg, schlug sanft Wellen und ließ so ein deutliches Bild der Person vor seinem geistigen Auge entstehen. Er registrierte die hochgezogenen Schultern und den forschen Schritt.

Nach diesem ungebetenen Gast stand ihm nun wirklich nicht der Sinn. Aber würde er zu den Leuten gehören, die Unangenehmes vor sich herschoben, wäre er heute nicht der oberste Magier des ganzen Landes. Entschlossen erhob er sich, um seinem späten Besucher entgegenzugehen.

Als er in seinen Empfangssalon trat, war der Störenfried schon dort angekommen und lief aufgebracht auf und ab.

„Was willst du hier?", fragte Fero statt einer Begrüßung.

„Du wolltest mich übergehen! Du hast vor, meinen Platz jemand anderem zu geben!"

„Du bist einfach unfähig. Deine Magie ist nicht stark genug. Es gibt geeignetere Kandidaten. Mich anzuschreien ändert daran auch nichts." Fero selbst hatte Mühe ruhig zu bleiben.

„Ich habe es verdient hier zu sein. Ich habe hart dafür gearbeitet, und ich habe Opfer gebracht. Wie kannst du das in Frage stellen? Ich habe die Abhandlungen geschrieben, deren Themen dir zu langweilig waren und die du nun als deine ausgibst.

Für deine Recherchen habe ich mir die Nächte um die Ohren geschlagen!"

Fero ballte die Hände zu Fäusten, während er dabei zusah, wie die Unterlagen und Gegenstände auf einem der kleinen Beistelltische zu Boden gefegt und Bücher aus seinen Regalen geworfen wurden.

„Du hast nichts getan, was jeder dahergelaufene Nichtmagier nicht auch könnte! Du bist eine Schande für die Gilde! Und meine Einrichtung zu zerstören wird dir auch nicht helfen. Mein Entschluss steht fest."

„Sei still! Kein Wort mehr! Du kannst mir das nicht wegnehmen! Es ist alles, was ich habe. Du dagegen hast doch alles! Warum kannst du mir nicht lassen, was meines ist?"

„Weil es nicht wirklich dir gehört! Ohne mich wärst du gar nichts." Er kniff die Augen zusammen und blickte auf sein Gegenüber hinunter. „Ich habe dich lange genug in meinem Schatten mitgezogen. Gehe jetzt. Ich bin fertig mit dir!"

Er wandte sich ab. Lieber wollte er noch ein bisschen über seinen neuen Zauber nachdenken, als sich mit dieser Angelegenheit aufzuhalten. Es war alles gesagt, was es zu sagen gab. Er konnte schließlich niemanden zur Einsicht zwingen. Ein bisschen tat es ihm leid. Aber mangelnde Begabung war eben mangelnde Begabung. Und fehlendes Talent war etwas, das er nicht tolerieren würde.

Er sah nicht, wie sich die Hand um den Briefbeschwerer schloss. Hörte nicht die Bewegung, mit der er in die Höhe gerissen wurde. Als der Schmerz in seinem Hinterkopf explodierte, war es zu spät. Seine Sinne schwanden für immer.

KAPITEL 1

Myrras Aufgabe war einfach. Jeder Schuljunge, der lesen und schreiben konnte, hätte sie übernehmen können. Sie musste nur Meister Umbero zuhören, seine Anmerkungen niederschreiben und seine Unterlagen in Ordnung halten. Das war wirklich nicht schwer.

Meister Umbero, der oberste und einzige Ermittler der Magiergilde, der höchsten Institution nach dem König in diesem Land, hatte Myrra als Gehilfin zu sich genommen. Und sie war ihm unendlich dankbar gewesen, für diese wenig angesehene Position innerhalb der Gilde, für die es kaum Freiwillige gegeben hatte.

Im Moment jedoch war ihre eigene Situation das Letzte, woran sie dachte. Der Anblick der Leiche hatte alle anderen Gedanken aus ihrem Kopf verdrängt.

Einen Magier ohne Magie zu töten, sollte eigentlich völlig unmöglich sein. Trotz dieser Tatsache lag der oberste Magier der Stadt Spero mit eingeschlagenem Schädel auf dem Boden seines Empfangssalons. Getrocknetes Blut verklebte die dunklen Locken. Das feingeschnittene Gesicht darunter wirkte wächsern.

Myrra konnte den Blick nicht von dem See aus Blut abwenden, der sich um den toten Körper gebildet hatte. Das Pergament umklammernd, auf dem sie die Bemerkungen Meister Umberos notieren sollte, starrte sie auf den toten Körper. Die Magiergilde hatte den Ermittler von der Hauptstadt nach Spero, zur Stadt der Magiergilde, geschickt, um der Ermordung des obersten Magiers auf den Grund zu gehen. Ihre bisherige Routine in Meister Umberos Diensten hatte damit ein abruptes Ende genommen. Für gewöhnlich gab es innerhalb der Gilde nicht viel zu ermitteln und damit auch für Myrra nicht viel zu tun. Genauso hatte sie sich ihre neue Arbeit auch vorgestellt. Keinesfalls war sie davon ausgegangen, mit einem Mord konfrontiert zu werden. So etwas passierte in ihren Kreisen nicht allzu häufig. Noch nie zuvor in ihrem Leben hatte sie das Opfer eines gewaltsamen Todes gesehen, und sie war gebannt von dem Anblick der sich ihr bot.

Selbst nach dem Tod des Opfers musste der Mörder noch ein dutzend Mal auf es eingestochen haben. Der vergoldete und nun blutverschmierte Brieföffner in Form eines ellenlangen Miniaturschwertes lag noch immer neben der Leiche.

„Unmöglich, keine Spur tödlicher Magie und keine Spur eines Abwehrzaubers." Eben erst hatte Meister Umbero die Augen geöffnet und war aus einer Art Trance erwacht. Nun hatte er seine Augen weit aufgerissen und seine Hände zitterten leicht, was nichts mit seinem Alter zu tun hatte. Myrra sah ihn müde blinzeln und leicht den Kopf schütteln, wie um ihn wieder klar zu bekommen. Nur andere Magier konnten die Anstrengung und das hohe Maß an Konzentration nachempfinden, die für jede noch so kleine magische Tätigkeit gebraucht wurden.

Denn Meister Umbero hatte Sinne bemüht, die keinem Nichtmagischen zur Verfügung standen, um den Tatort zu untersuchen. Myrra selbst hatte den Einsatz von Magie Meister Umbero überlassen und nicht auf ihre Verbindung mit Omnipa geachtet. Sie würde nichts finden können, das Meister Umbero nicht selbst hätte spüren können. Seine Sinne galten als die schärfsten der ganzen Gilde, er konnte die Rückstände gewirkter Zauber in Omnipa noch nach Wochen und Monaten spüren. Bei sehr starken Zaubern selbst noch nach Jahren. Der Mord am obersten Magier Fero lag kaum mehr als einen Tag zurück. Wäre er mit Magie getötet worden, würde Meister Umbero es spüren können.

Myrra schaffte es endlich, den Blick von der Leiche abzuwenden, und schaute Meister Umbero an.

„Aber wie kann das sein? Warum hat er sich nicht verteidigt? Keinen Schutzschild aufgebaut?", fragte sie. Ihr gesamtes Leben hatte sie in der Überzeugung verbracht, dass Magier durch ihre Begabung absolut unangreifbar wären. Außer gegenüber anderen Magiern, doch die waren überaus selten und gehörten alle der Gilde an.

Meister Umbero ging neben dem leblosen Körper in die Knie und musterte ihn. Noch nie hatte Myrra so tiefe Falten auf seiner Stirn gesehen. Bei diesem Blick verkrampften sich die

Muskeln in ihren Schultern und unbewusst versuchte sie, sich kleinzumachen.

Meister Umbero bedeutete einem der Hausdiener mit einer Kerze näherzukommen und den Leichnam zu beleuchten. Es war zwar helllichter Tag, doch niemand hatte es seit dem grausigen Fund gewagt, etwas in dem Raum zu berühren oder zu verändern. So kam es, dass die schweren Samtvorhänge noch immer zugezogen waren und in dem dunkel vertäfelten Raum schummriges Dämmerlicht herrschte.

Aus dem Bedürfnis heraus, ihrem Meister von Nutzen zu sein, schritt Myrra auf die Fenster zu, steckte Pergament und Feder in die Taschen ihrer schiefergrauen Roben, in denen neben ihrem mageren Körper viel Platz war, und riss beherzt die Vorhänge auf. Meister Umbero blinzelte kurz in der plötzlichen Helligkeit, nickte Myrra jedoch zu und scheuchte den Diener mit der Kerze wieder weg.

„Selbst bei völliger Überraschung gelingt es einem Zauberer in der Regel noch, einen Kraftschild zwischen sich und einer Waffe zu bringen. Die reflexartige Verteidigung ist der einzige Gebrauch von Magie, der leicht fällt und nicht erst Jahre lang studiert werden muss, da sie fast völlig vom Instinkt gesteuert ist", sagte Myrra.

Ihr fiel es schwer, zu glauben, dass eine nichtmagische Person den obersten Magier getötet haben könnte. Das war, so lange die Aufzeichnungen der Gilde zurückreichten, noch nie vorgekommen. Ein Frösteln lief ihr den Rücken hinunter, wenn sie daran dachte, wie geschickt der Mörder beim Töten hatte vorgehen müssen, um einen so starken Magier wie Fero zu überwältigen.

„Es gab schon Fälle, in denen ein Magier einen Stich ins Herz durch einen Heilzauber überwand." Myrra sprach weiter mit dem Rücken ihres Meisters. Sie war der festen Überzeugung gewesen, sobald Meister Umbero sich dem Tatort näherte, würde er die Magie des Mörders spüren können und ihn so zweifelsfrei identifizieren.

„Was machen wir nun?", fragte Myrra den Rücken ihres Meisters kleinlaut, nachdem dieser einige Augenblicke nicht geantwortet hatte.

Sie selbst hatte keine Vorstellung davon, wie es weitergehen sollte. In ihren wildesten Träumen hätte sie sich ein solches Szenario niemals ausgemalt.

Umbero richtete sich auf und seufzte. „Wir werden den Mörder auf andere Weise überführen müssen." Myrra blickte zu ihrem Meister auf und versuchte weiter in seinem Gesicht zu lesen.

Er hielt den Blick weiter auf die Leiche gerichtet. Myrra konnte seine Besorgnis spüren. Doch anders als sie wirkte er gefasst. Sie trat näher an ihn heran, als versuche sie sich in seinem Schatten zu verstecken, in der Hoffnung, seine Ruhe möge sich auf sie übertragen.

„Bringt ihn in die Leichenhalle", wies er die bereitstehenden Hausdiener an. „Und verschließt die Türen zu diesen Räumen. Niemand betritt sie ohne meine Erlaubnis."

Zusammen mit Myrra sah er stumm dabei zu, wie zwei Hausdiener die Leiche auf eine Bahre legten und aus dem Raum trugen. Dann ging Meister Umbero mit wenigen Schritten zu einem der Beistelltische hinüber und beugte sich über die darauf verstreuten Papiere.

„Ist bei einem Mord durch Nichtmagische nicht die örtliche Gerichtsbarkeit zuständig?" Myrra folgte ihrem Meister zum Tisch und beugte sich vor, wobei sie sich eine Strähne ihres feldmausbraunen Haars zurückstrich, die sich aus dem Zopf gelöst hatte. Sie ließ den Blick über die Unordnung gleiten. Es wunderte sie, dass auf dem niedrigen Tisch ein solches Durcheinander herrschte, die restlichen Räume von Meister Fero wirkten penibel aufgeräumt.

„Nicht, wenn es sich bei dem Opfer um einen der obersten Magier handelt. Das können die Obersten der Gilde nicht den Beamten des Königs überlassen. Dabei würden zu viele Angelegenheiten der Gilde das Ohr des Königs erreichen. Wir müssen hier ohnehin sehr besonnen vorgehen", sagte Meister Umbero und zog einige der kleinen Schubladen des Tisches hervor und betrachtete den Inhalt. Er schien keinerlei Hemmungen zu haben, in den Besitztümern des Toten zu wühlen. Myrra wartete gespannt, dass er fortfuhr.

„Der König war wegen der Nachricht über den Tod Feros ohnehin schon sehr aufgebracht. Er verlangt eine baldige Klärung des Falles. In letzter Zeit war er immer unzufriedener mit der Gilde. Die Abgesandten des Magierkönigs aus Fratris prahlen bei jedem Bankett im Palast mit den neuesten magischen Errungenschaften aus ihrem Land. Gerüchten zufolge ist unser König sehr verärgert und wartet nur auf eine Gelegenheit, der eigenen Gilde sämtliche ihrer Privilegien zu entziehen oder sie gar aufzulösen."

Myrra zog erschrocken die Luft durch die Zähne ein. Der König wollte die Gilde auflösen?

Sie bestand seit Jahrhunderten. Myrra konnte sich gar nicht vorstellen, wie die Magier unter der Bevölkerung sonst gefunden und ausgebildet werden sollten.

„Du siehst also, wir müssen diesen Mord schnellstmöglich aufklären."

Myrra nickte. Die Vorstellung, wie wichtig ihrer beider Aufgabe war, brachte ihre Hände zum Zittern. Dennoch machte sie sich gewissenhaft Notizen auf dem Pergament.

„Als Erstes müssen wir Feros Stellvertreter darüber informieren, dass wir die Ermittlungen aufnehmen, dann werden wir mit der Befragung der Hausangestellten beginnen", bestimmte Meister Umbero ihr weiteres Vorgehen.

„Ist Feros Stellvertreterin nicht Speros oberste Heilerin?", fragte sie, während ihre Feder über das Pergament kratzte. Myrra hatte die Frau noch nie persönlich getroffen, was sie aber über sie gehört hatte, erfüllte sie mit Bewunderung für ihren Ehrgeiz und ihr Durchsetzungsvermögen.

„Das ist sie. Manche sagen, dass mache sie zur mächtigsten Frau des Landes."

Umbero hatte aufgehört den Schreibtisch zu durchsuchen.

„Schwer zu sagen, an was Fero zuletzt gearbeitet hat", meinte er nachdenklich, den Blick auf Feros Unterlagen, „das müssen wir als Erstes herausfinden, vielleicht hat es zu seiner Ermordung geführt."

„Aber zuerst müssen wir zur hohen Magierin Superbia", erinnerte ihn Myrra, die in den Wochen, in denen sie nun schon mit Meister Umbero arbeitete, gelernt hatte, wie zerstreut er war.

„Ach ja, richtig", seufzte Meister Umbero und steuerte auf die Tür zum Korridor zu.

Umbero und Myrra verließen den Empfangssalon. Nach einer Frage an die Hausdiener, die verloren auf dem Flur herumstanden und auf Anweisungen warteten, wussten sie, dass sich Meisterin Superbia derzeit im Armenspital der Stadt aufhielt.

Sie schritten den Korridor entlang. Myrra kam das Haus unnatürlich still vor. Es war das prunkvollste der Stadt und Myrra stellte sich vor, dass es normalerweise von Heerscharen von Bediensteten bevölkert werden musste. Doch nun herrschte eine Grabesstille. Die Bediensteten, die sie auf den Gängen trafen, schlichen auf Zehenspitzen an ihnen vorbei und gesprochen wurde nur im Flüsterton. Von guten Bediensteten wurde gemeinhin erwartet, dass sie niemals untätig herumstanden und am besten überhaupt nicht gesehen wurden. Doch Myrra konnte in Anbetracht der Umstände durchaus verstehen, wie hilflos alle waren und dass sie nicht wussten wohin mit sich. Mitfühlend blickte sie den Angestellten hinterher, wenn sie ihnen erschrocken auswichen. Dann erreichten sie und Meister Umbero die Eingangstür und traten auf die Straße in den gleißenden Sonnenschein hinaus.

Sie entschlossen sich, auf eine Mietkutsche zu verzichten und zu Fuß durch die Stadt zu gehen. Sie waren am Tag zuvor kurz nach Morgengrauen in einer Eilkutsche aufgebrochen und hatten den ganzen Tag sowie die Nacht und den halben Vormittag sitzend in dem Gefährt verbracht, da konnte ein kleiner Spaziergang nicht schaden. Also winkten sie den Kutschern, die auf der Straße auf Kundschaft warteten und beim

Anblick von Umberos Meisterschärpe sofort ihre Dienste anboten, ab. Irritierte Blicke folgten ihnen, die jedoch nur Myrra zu bemerken schien. Wer hatte schon jemals einen Magiermeister zu Fuß gehen sehen?

Meister Feros Anwesen lag auf einem kleinen Hügel im wohlhabendsten Teil der Stadt. Es war die größte Stadt in Patriam und dennoch hatte Myrra sie nach Beendigung ihrer Gildeausbildung nicht vermisst. Die Mischung aus gelbem Sandstein und roten gebrannten Ziegeln, die sich am Fuße des Hügels vor ihnen ausbreitete, war auch in der königlichen Hauptstadt Urbia nicht anders. Einzig der Geruch dieser Stadt war unvergleichlich. Zumindest der des Magierviertels, in dessen Straßen sich Stände von Kräuter- und Seifenhändlern aneinanderreihten. Myrra zog tief die Luft ein, als sie die Auslagen passierten.

Sich in den Straßen zu orientieren und den Weg zum Spital zu finden war einfach, da die Stadt nicht einfach entstanden, sondern nach Plänen gestaltet worden war.

Myrra eilte hastig hinter Meister Umbero her, der mit weit ausgreifenden Schritten voranging.

KAPITEL 2

Das Armenspital befand sich genau zwischen dem Armenviertel und dem der Handwerker. Da es ohnehin schwierig war Freiwillige zu finden, die bereit waren dort als Pfleger zu arbeiten, hatte man Wert darauf gelegt, dass sie möglichst wenig die unsicheren Straßen des Elendsviertels benutzen mussten. Das Gebäude selbst war einfach und aus grobbehauenen Steinblöcken erbaut.

Myrra erklomm hinter Meister Umbero die wenigen Stufen zu dem zweiflügligen Hauptportal. Der steinerne Türbogen war mit bunt bemalten, glasierten Fliesen bedeckt. Die kleinen Quadrate bildeten zusammen größere Bilder, die von Motiven kranker, kümmerlicher Menschen beherrscht wurden, denen hochgewachsene Gestalten in langen Roben zur Seite standen. Myrras Schritte verlangsamten sich, während ihr Blick über die Bilder huschte. Dann trat sie durch das Tor. Nach der hellen Sonne auf der Straße benötigten ihre Augen einige Momente, um sich an das schwache Licht im Inneren des Gebäudes zu gewöhnen, dann konnten sie langsam Einzelheiten der Eingangshalle ausmachen. Die mit Steinplatten ausgelegte Halle hatte keinerlei Zierrat. Ihnen gegenüber erhob sich eine breite Treppe in die oberen Stockwerke. Rechts von ihnen saß hinter einem schmalen Tresen eine ältere Frau über ein dickes Buch gebeugt, dessen Seiten mit feiner Schrift beschrieben waren.

„Wir suchen die oberste Heilerin Superbia", sprach Meister Umbero die Frau an.

„Sie ist im großen Gemeinschaftsschlafsaal", antwortete sie mit Blick auf Umberos Meisterschärpe und deutete auf die ihr gegenüberliegende Seite der Halle, auf einen breiten Durchgang.

„Vielen Dank", erwiderte Meister Umbero höflich, doch die Frau hatte sich bereits wieder dem Buch zugewandt, um ihm weitere Zeilen säuberlicher Schrift hinzuzufügen.

Meister Umbero und Myrra machten sich in die angegebene Richtung auf den Weg und erblickten sofort Meisterin Superbia. Die oberste Heilerin und zweitmächtigste Magierin der Gilde in Spero und ganz Patriam war eine dürre, kurvenlose Frau. Obwohl noch jung, fehlten ihr jeglicher Reiz und Anmut, die nötig gewesen wären diesen Makel auszugleichen. Auch das einfache braune Leinengewand war nicht gerade schmeichelhaft für ihr Aussehen. Als Umbero und Myrra eintraten, stand sie zwischen den Bettreihen entlang der Wände des großen Krankensaals und stützte sich auf der Lehne eines Stuhls ab, während sie den Schwestern um sich herum Anweisungen gab. Selbst vom anderen Ende des Raumes aus konnte Myrra sehen, wie die Schwestern sie direkt ansahen und ihren Worten lauschten und ihr dann ohne Scheu Fragen stellten. Aber wirklich erstaunlich war, dass sie ihnen das nachsah und ihnen antwortete. Einen solchen ebenbürtigen Umgang pflegten Magiermeister nicht oft mit nicht-magischen Untergebenen.

Diese angenehme Überraschung machte Myrra noch gespannter, Meisterin Superbia endlich kennenzulernen. Doch sie hatten nur wenige Schritte in den Schlafsaal gemacht, da schlug ihnen der Geruch von muffigem Bettzeug und Krankheit entgegen. Fast alle Betten waren belegt. In einem saß an die Wand gelehnt sogar einer der Nomaden aus der Wüste weit im Süden. Sie erkannte seine Herkunft an den vielen kleinen, silbernen Ringen, die seine Augen-brauen, Nasenflügel und selbst die Lippen zierten und ihm ein wildes Aussehen verliehen, das ihn zwischen all den Nordländern hervorstechen ließ. Ihr Blick blieb an ihm hängen, obwohl das Anstarren von Fremden als unhöflich galt und sie fragte sich unwillkürlich, was er hier tat. Schließlich sah man sie selten in den zivilisierten Ländern des Nordens. Man begegnete den vermeintlichen Barbaren aus dem Süden nicht gerade freundlich.

Myrras Schritte gerieten aus dem Takt, als sie der starre Blick aus seinen fast schwarzen Augen traf. Hastig blickte sie weg und richtete ihre Auf-merksamkeit wieder auf Meisterin Superbia.

Ihre Meisterschärpe saß schief, sie trug keinerlei protzigen Schmuck und Myrra musste daran denken, dass sie anders als die restlichen Mitglieder im Rat der obersten Magier nicht in eine einflussreiche Familie hineingeboren worden war. Sie hatte ihre Position als eine der Obersten durch harte Arbeit und viel Engagement erhalten. Viele zollten ihr dafür Respekt, auch aus der einfachen Bevölkerung, die den Magiern der Gilde sonst kritisch gegenüberstand. Myrra selbst war von Meisterin Superbias Werdegang schon immer tief beeindruckt gewesen.

Als Meister Umbero und Myrra näherkamen, blickte sie auf und unterbrach ihren Vortrag an die Schwestern. Dann richtete sie sich gerade auf und kam ihnen entgegen. Als sie ihnen die Hand reichte, fühlte Myrra die raue Haut. Sie dachte an die Hände ihres Kindermädchens, die sich stets genauso angefühlt hatten. Sofort fand sie die Frau mit dem starken Händedruck sympathisch. Superbias warme braune Augen blickten kurz in Myrras graue, bevor sie sich auf Meister Umbero konzentrierte.

„Ihr müsst der Ermittler aus der Hauptstadt sein", begrüßte sie Superbia. „Sagt, habt ihr schon eine Erklärung für Feros Tod gefunden?"

Mit hoffnungsvoller Erwartung blickte sie Meister Umbero an. „Wir konnten nichts spüren, aber es muss Magie gewesen sein! Alles andere wäre unmöglich", erklärte sie ihm.

„Es war uns nicht möglich, die Spur eines Zaubers zu erspüren. Der Mörder ist leider noch immer unbekannt", teilte Meister Umbero der Magierin mit. Superbia schlug die Augen nieder und seufzte.

„Das ist nicht gut. Kaum vorzustellen, wie es einem Nichtmagier gelingen konnte den Stärksten von uns zu töten und auch noch unerkannt zu bleiben. Das schwächt das Ansehen der Gilde stark."

Sie blickte wieder auf. „Ihr müsst den Mörder schnellstmöglich finden."

„Das werden wir", versicherte ihr Umbero. Sie nickte und seufzte dann erneut. „Der Verlust von Fero ist ein herber Schlag für die Gilde. Er war ein genialer Magier, der Stärkste und Begabteste von uns."

„Ihr habt große Stücke auf ihn gehalten?"

„Ja, natürlich. So wie alle. Er war der leuchtende Stern, dem wir alle gefolgt sind."

Nun war es an Meister Umbero zu nicken. „Aber sicher gab es doch auch Unstimmigkeiten, oder?"

„Worauf wollt ihr hinaus? Fero hat sein Amt stets untadelig erfüllt und sich nichts zu Schulden kommen lassen. Er war der junge Held der Gilde, sein herausragendes Talent machte ihn zum jüngsten obersten Magier seit Beginn der Gildeaufzeichnungen", fuhr Meisterin Superbia sie an.

„Ich weiß, ich war damals bei seiner Prüfung anwesend", rechtfertigte sich Meister Umbero. Myrra vergaß manchmal, dass er nicht immer der Ermittler für verunglückte oder tödliche Zauber gewesen war, der immer nur dann gerufen wurde, wenn etwas schief gegangen war. Er wäre beinahe selbst einmal in die Riegen der obersten Magier aufgestiegen, hätte er seine Chancen für einen Aufstieg in der Gilde nicht für mehr Zeit mit seiner Familie eingetauscht. In einer Gilde, in der besser und anerkannter zu sein als andere Mitglieder das oberste Gebot war, waren sie beide Außenseiter.

„Worauf ich hinauswill, ist, gab es jemanden, der nicht gut auf Fero zu sprechen gewesen war?", verdeutlichte Umbero sein Anliegen.

„Nein, alle haben ihn gemocht und zu ihm aufgesehen. Er war allseits beliebt, vor allem bei seinen Magierlehrlingen. Jeder wollte am Liebsten bei ihm in die Lehre gehen. Aber am engsten hat er mit seinem Lehrling Falsus zusammengearbeitet, glaube ich. Die beiden schienen darüber hinaus gut befreundet zu sein. Er weiß sicher Näheres, falls es je irgendwelche Probleme gab."

„Wisst Ihr auch, wo er sich gerade aufhält?"

„Nein, das weiß ich nicht. Da müsst Ihr in Feros Haushalt nachfragen. Aber morgen Vormittag findet eine Versammlung der obersten Magier statt. Die Gilde muss sich so schnell wie möglich um einen Nachfolger bemühen. Sicher wäre es gut, wenn Ihr daran teilnehmt", teilte sie ihnen mit einer Stimme mit, die keinen Widerspruch zuließ.

„In diesem Fall werden auch wir da sein", versicherte Meister Umbero.

Er bedankte sich höflich und verabschiedete sich. Myrra beeilte sich, ihm zu folgen, als er den Krankensaal verließ, und blickte dabei auf ihre Füße, um nicht noch einmal dem Blick des Süd-länders zu begegnen. Meister Umbero nickte der Frau hinter dem Tresen zu, aber diese blickte nicht einmal auf, als sie an ihr vorübergingen.

Draußen auf der Straße angekommen, sagte Umbero zu Myrra: „Die Lage ist wirklich nicht einfach. Wir sind auf uns allein gestellt und werden unseren eigenen Weg finden müssen, um die Identität des Mörders zu offenbaren."

Myrra nickte stumm, sie war sich sicher, wenn einer dieses Rätsel lösen konnte, dann war es Meister Umbero. Nie hatte sie einen Menschen getroffen, der so scharfsinnige Schlussfolgerungen ziehen konnte und so von Logik beherrscht wurde wie er.

„Werden wir nun die Hausangestellten in Feros Anwesen befragen?", fragte sie.

„Ausgezeichneter Einfall", lobte sie Meister Umbero, der scheinbar vergessen hatte, dass das kaum eine Stunde zuvor sein eigener Vorschlag gewesen war.

KAPITEL 3

Etwa eine Stunde später befanden sich Meister Umbero und Myrra in der hallenartigen Küche von Feros Anwesen. Versammelt an dem langen Holztisch in der Mitte des riesigen Raumes saßen seine Hausangestellten. Vom Küchenjungen bis zum Gehilfen des Gärtners, hatte Meister Umbero alle antreten lassen. Es waren so viele, dass gar nicht alle auf einmal am Tisch Platz hatten und einige in zweiter Reihe hinter den Sitzenden stehen mussten. Keiner sprach ein Wort, alle hatten sich Meister Umbero und Myrra am Kopfende zugewandt. Direkt neben Myrra saß eine Frau, der mehlbestäubten Schürze nach die Bäckerin, die das nervöse Kneten ihrer Hände nicht ganz unterdrücken konnte. Immer wieder suchte sie den Blickkontakt zu einem kräftigen Mann nahe der Tür. Den Blick in Myrras Richtung vermied sie krampfhaft. Myrra fragte sich, was genau den Angestellten eigentlich über die Angelegenheit mitgeteilt worden war. Es war ihnen schließlich nicht erlaubt, die Geheimnisse der Magier zu kennen. Bedienstete, die sich zu sehr dafür interessierten, konnten schnell ihre Anstellung verlieren. Abhängig von der Bedeutsamkeit der Informationen, die sie vielleicht erfahren hatten, drohte sogar die Verbannung aus den Nordländern. Etwas, in dem sich die drei zivilisierten Länder Patriam, Soror und Fratris bedingungslos einig waren, auch wenn es sonst viele Streitpunkte gab.

Myrra konnte allen Anwesenden ansehen, wie sehr sie sich wünschten woanders zu sein und sie zweifelte, ob sie hier wirklich brauchbare Informationen erhalten würden. Die Kluft zwischen Magiern und Nichtmagiern schien ihr einfach zu groß, als dass die Menschen an diesem Tisch offen mit ihnen sprechen würden. Sie griff nach der Feder, um die Befragung gewissenhaft aufzuzeichnen.

Aufmerksam hörte sie zu, wie Meister Umbero die Anwesenden begrüßte und die ungewöhnliche Situation schilderte, ohne zu viele Informationen preiszugeben. Unzählige Gerüchte würden noch früh genug kursieren und ihren Weg auf die Straßen finden und dort vermutlich großen Schaden am Ruf der Gilde anrichten. Da wollte er sicher nicht noch Anhaltspunkte liefern.

„Von wem hatte der hohe Herr Fero in letzter Zeit Besuch? Wer wurde am Abend seines Todes hier im Haus gesehen?"

Die Angestellten blieben stumm. Myrra bemerkte, wie sie in alle Richtungen blickten, nur nicht in die ihre oder die von Meister Umbero. Myrra sah ihre Befürchtungen bestätigt.

„Es ist wichtig, dass jeder, der etwas weiß, uns gegenüber detailliert Auskunft gibt."

Zögerlich hob einer der älteren Männer in Livree die Hand.

„Nachdem ihm das Abendessen in seinem Studierzimmer serviert worden war, sollte eigentlich niemand mehr bei ihm gewesen sein. Bis ihn dann die Reinemachfrau im Empfangssalon liegend vorfand. Er hatte keinen Besuch an jenem Abend", stammelte der Mann.

Myrra sah, wie die Hände des alten Dieners immer stärker zitterten und er sich immer weiter in seinem Stuhl zusammenkrümmte. Myrra wünschte sich für ihn, jemand anders hätte ebenfalls den Mut zu sprechen gehabt. Sie konnte sehen, dass er am liebsten geschwiegen hätte wie alle anderen. Sicher befürchtete er, für ein Fehlverhalten bestraft zu werden. Sie wusste, die Magier wirkten für die Nichtmagischen oft unberechenbar und unversöhnlich.

„War es üblich für ihn, sich dort aufzuhalten?"

„Nein, nein. Er war um diese Zeit, wie eigentlich zu jeder Zeit, die er zu Hause war, in seinem Studierzimmer." Der ältere Diener stockte. „In den Empfangssalon ging er nur, wenn er Besuch hatte."

„Ist es möglich, dass er noch jemanden empfangen hatte, ohne dass es jemand wusste? Hätte jemand das Anwesen unbemerkt betreten können?"

„Der hohe Herr hat Schutzzauber angebracht, an allen Eingängen. Das war eines seiner besonderen Talente." Ein kleines bisschen Stolz schlich sich in die Stimme des Dieners. Sicher hatte er das Ansehen genossen, das mit einer

Anstellung bei einem so mächtigen Magier ein-
herging.

Meister Umbero schwieg für einen kurzen
Moment. Myrra vermutete, dass er überlegte,
wie er weiter Fragen stellen konnte, ohne offen
zugeben zu müssen, dass die Geschichten und
Gerüchte über die Schutzzauber an Häusern von
Magiern in der Regel hoffnungslos übertrieben
waren. Nicht alle Magier waren gleich stark
begabt und bei vielen reichte es kaum dazu, ihr
Badewasser aufzuwärmen. Die Gerüchte waren
deshalb bewusst gestreut worden, um nichtmagische Einbrecher davon abzuhalten, auch
nur einen Versuch zu starten. In diesem Fall
hatte es zudem bewirkt, dass sich die
Bediensteten völlig auf den Schutz des Magiers
verlassen und nicht darauf geachtet hatten,
Unbefugte am Betreten des Hauses zu hindern.

„Fero hatte also einen Gast. Wer könnte es
gewesen sein?" Umbero ließ den Blick über die
Anwesenden gleiten und schaute jedem
Einzelnen ins Gesicht. Niemand wagte es zu
antworten und die meisten wichen seinem Blick
aus.

„Mit wem hat er in der letzten Zeit häufiger
verkehrt?", bohrte er erbarmungslos nach.
Myrra bekam immer mehr Mitleid mit den
Angestellten.

„Meisterin Superbia, als seine Stellvertreterin,
war oft hier. Sie hat ihm stets viele Aufgaben
abgenommen, vor allem die Aufgaben im
Armenspital und fast die gesamte Verwaltung.
Seine Lehrlinge sind natürlich auch immer und
zu jeder Zeit hier." Myrra konnte nicht
verhindern, dass sich ihr Gesicht verzog. Der
Diener würde es Meister Umbero gegenüber

sicher nicht so ausdrücken, aber er hatte vermutlich sagen wollen, dass Meister Feros Lehrlinge um ihn herumgeschwirrt waren wie ein Schwarm Fliegen und um seine Aufmerksamkeit gewetteifert hatten.

Das war nichts Ungewöhnliches, wer in der Gilde aufsteigen wollte, brauchte die Fürsprache eines mächtigen Mentors. Myrra erinnerte sich nur zu gut an ihre eigene Lehrzeit und wie viel Neid und Missgunst zwischen den Lehrlingen eines Meisters geherrscht hatten. Sie war froh gewesen, als ihre Lehrzeit endete.

„War daran etwas unangemessen?", entfuhr es ihr, bevor Meister Umbero die Befragung weiterführen konnte.

„Nein, selbstverständlich nicht!", kam es sofort von dem älteren Diener zurück. Er zog scharf die Luft durch die Nase ein und auch auf den Gesichtern der Anderen konnte Myrra verkniffene Mienen sehen nach ihrer unterschwelligen Anschuldigung. Meister Umbero blickte Myrra an und zog eine Augenbraue nach oben.

„Gab es sonst etwas Ungewöhnliches?", richtete er sich wieder an die Diener.

„Er war etwas beunruhigt in den letzten Tagen. Er schien Probleme mit einem anderen Magier gehabt zu haben. Aber er erwähnte nie einen Namen oder worum es ging", antwortete der ältere Diener, der das Reden übernommen hatte.

Meister Umbero entließ die Angestellten mit wenigen Worten und sie beeilten sich der Küche zu entfliehen. Binnen Augenblicken war Myrra mit Meister Umbero allein. Er wartete, bis sie ihre Pergamente von der großen Tafel aufgesammelt hatte, dann verließen sie gemeinsam die Küche.

„Es ist meistens nicht sehr förderlich, die Leute vor den Kopf zu stoßen, wenn man Auskunft von ihnen haben möchte", ermahnte Meister Umbero Myrra, als sie in den Flur traten.

„Entschuldige, es kommt nicht wieder vor", antwortete Myrra zerknirscht.

„Nein, nein, es war eine berechtigte Frage. Nur das nächste Mal solltest du etwas feinfühliger vorgehen."

„Ich werde es versuchen." Sie strich sich über die Robe und blickte zu Boden. Warum hatte sie in all den Jahren immer noch nicht gelernt, sich angemessen zu verhalten? Sie würde sich mehr anstrengen müssen.

„Nun werden wir uns erst einmal diese Schutzzauber ansehen", fuhr Meister Umbero fort und sie folgte ihm aus dem Gebäude hinaus.

Noch immer stand die Nachmittagssonne hell am Himmel und schien auf die ausladenden Gärten von Feros Anwesen. Wie konnte es sein, dass die sanft gewellte Fläche mit den blühenden Palisanderbäumen und den grünen Zypressen so friedlich aussah, nach allem, was hier passiert war?

„Denkst du, es gibt da etwas, das es wert wäre angesehen zu werden?", fragte Myrra, als sie die große Terrasse erreicht hatten und auf den Weg über den sorgfältig gestutzten und, dem saftigen Grün nach zu schließen, auch gut bewässerten Rasen traten. Die kunstvoll zurechtgeschnittenen Zypressen rechts und links der mit Terracotta-Ziegeln gepflasterten Wege spendeten nach der Mittagshitze angenehmen Schatten.

„Ich meine, die wenigsten Magier sind tatsächlich dazu in der Lage, auch nur einen der Zauber auszuführen, die sie behaupten, an ihren Häusern angebracht zu haben", rechtfertigte Myrra ihre Frage, während sie den Weg entlanggingen. War ein länger anhaltender Zauber doch eine ganz andere Sache als ein reflexartig aufgebautes Schutzschild zur Selbstverteidigung. Sie schritt neben Meister Umbero her und ihr Blick fiel dabei auf die akkurat gesetzten Kakteen, die den Wegrand säumten. Ihrem Geschmack nach hatte man die Natur in diesem Garten viel zu sehr bezähmt.

„Wenn ich mich richtig erinnere, war Fero aber tatsächlich außergewöhnlich gut darin. Für einige der reichsten Händler hier in Spero hat er auch die Lagerhallen gesichert", antwortete Meister Umbero.

Er lächelte, denn er wusste vermutlich, wie schlecht Myrra in letzter Zeit auf ihre Mitmagier zu sprechen war. Wie so oft, war sie sich sicher, dass er sie verstand. „Nicht alles ist Schall und Rauch in der Magiergilde, sie hat ihre Stellung nicht von ungefähr. Über die Jahrhunderte haben wir außergewöhnliche Dinge geschafft. Und nicht all ihre Mitglieder sind gewissenlose Betrüger", erinnerte er sie.

Er hatte recht, schließlich war er selbst das beste Beispiel und Myrra beneidete ihn um seine innere Stärke. Wenn sie selbst mehr davon hätte, würden die Enttäuschungen der letzten Jahre sie vielleicht nicht so verbittern.

Sie hatten während ihres Gesprächs die Mauer erreicht und Umbero ließ den Blick prüfend über die Sandsteinquader gleiten.

„Vielleicht hat er sie gar nicht an der Mauer, sondern am Haus angebracht", gab Myrra zu bedenken.

„Nein, nein. Am Haus war nichts zu spüren. Aber hier war etwas. Es verblasst bereits", sagte Umbero abwesend, während er mit der Hand über den Stein der Mauer strich. Die meisten Zauber endeten mit dem Tod des Magiers. Geschichten, wie die der Magierin Mata, die im großen Krieg der Nordländer ihre Kinder mit Schutzzauber versehen hatte, die auch nach ihrem Tod noch wirkten, gehörten in das Reich der Legenden. Kein lebender Magier hatte so etwas je bezeugen können. Wenn die Kontrolle eines Magiers über Omnipa endete, verloren Zauber ihre Wirkung und der Tod war nun einmal die endgültigste Form, die Kontrolle zu verlieren.

„Die ganze Mauer war damit überzogen", sprach Umbero weiter und beugte sich zu den Steinen. Myrra wartete darauf, dass er mit seinen magischen Sinnen versuchte, den verblassenden Abdruck der unsichtbaren Energielinien in Omnipa zu erspüren. Auch sie selbst schloss die Augen und konzentrierte sich, konnte jedoch kaum etwas fühlen. Nur ganz am Rande ihrer Wahrnehmung spürte sie etwas, das dem gleichkam. Dafür hörte sie das Zirpen der Grillen im Sonnenschein mit geschlossenen Augen umso lauter.

Vielleicht hatte sie sich nicht genug angestrengt. Sie war seit ihren ersten kindlichen Versuchen immer etwas zögerlich gewesen, wenn es darum ging, ihren Geist mit Omnipa, der allgegenwärtigen Lebenskraft, zu verbinden.

Zu dramatisch waren die Erinnerungen an das brennende Anwesen ihrer Eltern.

Es war diese besondere geistige Verbindung zur Schöpfungskraft, die die Magier von den Nichtmagiern unterschied und sie brachte bei jedem Magier andere Talente zum Vorschein.

Meister Umberos Talent war eine gesteigerte Wahrnehmung der Wirkungsweise dieser Kraft in der Welt. Viele Magier besaßen ein besonderes Talent, eine Disziplin, in der sie besonders gut waren. Myrra seufzte leise, nicht einmal ein auf irgendeine Weise besonderes Talent konnte sie auf ihrem verunstalteten Lebensweg bisher vorweisen.

Sie öffnete die Augen und blickte die Mauer entlang. Wenn Fero sie mit seinem Zauber geschützt hatte, musste er wirklich sehr stark gewesen sein. Nun trat auch Umbero zurück und schlug die Augen wieder auf.

„Ich spüre keine Unregelmäßigkeiten. Der Schutzzauber muss zum Zeitpunkt seines Todes intakt und ungestört gewesen sein. Niemand hat sich hier unerlaubt Zutritt verschafft."

„Dann hat Fero seinen Mörder selbst hereingelassen?", fragte Myrra erstaunt.

„Entweder er hat ihn hereingelassen oder es gab von vorneherein eine Ausnahme für ihn", überlegte Umbero.

„Ausnahme?", hakte Myrra nach.

„Nun, er hat den Zauber bestimmt nicht für jeden seiner Diener oder Lehrlinge jedes Mal öffnen wollen, wenn diese das Anwesen betreten wollten."

„Du meinst, der Zauber hat die Personen erkannt?" Myrra war nun wirklich beeindruckt von der Kunstfertigkeit Feros. „Kannst du noch erkennen, für wen das galt?"

„Leider nein, dafür ist die Spur des Zaubers mittlerweile zu verblasst."

„Dann wissen wir immer noch nicht, wer am Abend seines Todes bei ihm war. Wir wissen im Grunde gar nichts." Myrra fröstelte im warmen Sonnenschein. Wie konnte das sein? Müssten sich nicht in Omnipa, die sie als Magier alle verband, Antworten finden lassen?

„Gibt es niemanden, der über die Verbindung nach der Identität des Mörders suchen kann?"

„Nein, nicht einmal, wenn der Mörder Magier ist. Du weißt doch: Gedankenlesen, das gibt es nicht." Ein Gefühl absoluter Hilflosigkeit stellte sich bei ihr ein.

„Morgen werden wir erst einmal an der Versammlung teilnehmen. Wir müssen unbedingt herausfinden, über wen Fero in letzter Zeit so beunruhigt war."

Es beruhigte Myrra ein wenig, dass sie sich auf Meister Umberos Unerschütterlichkeit verlassen konnte.

KAPITEL 4

Die große Halle im Gildehaus war ein eindrucksvoller Raum. Die knapp einhundert Magier in Spero hätten gut fünf Mal darin Platz gefunden. Selbst mit all den Magiern, die in kleineren Abordnungen in anderen Städten lebten, hätten die Halle nicht einmal zur Hälfte gefüllt. Doch für diese Versammlung waren nicht alle Magier Speros eingeladen. Nur die obersten Magier und einige der bedeutenderen Mitglieder der Gilde würden anwesend sein, wie Meister Umbero und Myrra von dem ersten Sekretär des Rates erfahren hatten.

Sie hatten von ihm auch Unterkünfte direkt hier im Gildehaus zugeteilt bekommen, nachdem sie das Anwesen von Fero verlassen hatten. Man hatte ihnen pompös eingerichtete Gästeräume zur Verfügung gestellt. Die Zimmerfluchten waren so groß wie ganze Wohnhäuser in anderen Vierteln der Stadt.

Ansonsten war das Gildehaus unbewohnt. Die Magier bevorzugten ihre eigenen prächtigen

Häuser. Daher gab es dort auch nicht viele Bedienstete und die wenigen, die es gab, verließen das Gildehaus am späten Nachmittag, wenn alle Versammlungen beendet waren. Um dennoch an ein Abendessen zu kommen, waren Umbero und Myrra im Gasthof auf der anderen Straßenseite eingekehrt. Es schien bei den Magiern der Stadt sehr beliebt zu sein, denn sie hatten viele der Meister und einige Lehrlinge an den Tischen sitzen sehen. Wie stolz Lehrlinge auf ihre Meister waren, zeigte sich dadurch, ob und wie groß sie sich deren Zeichen auf die Roben gestickt hatten. Abneigungen zwischen den Meistern waren daran erkennbar, wie weit ihre Lehrlinge voneinander weg saßen. Meister Umbero und Myrra hatten kaum Platz genommen, da brach eine lautstarke Diskussion unter ihnen los.

Die ärgerlichen Stimmen erregten Myrras Aufmerksamkeit. Sie blickte zum anderen Ende des Schankraums, nahe bei der Theke. Sie beobachtete, wie sich einer von ihnen erhob, seinem Schwanken nach hatte er dem Wein schon sehr zugesprochen. Sein ansonsten hübsches Gesicht war mit Pockennarben über-säht. Schon nach wenigen Worten war Myrra klar, worum es in ihrem Streit ging.

„… unfähig genug, um sich von einem Nicht-magier töten zu lassen." Sie sah, wie der Narbige mit feixendem Gesicht seinen Kontrahenten anstarrte, der sich nun ebenfalls erhob und seinen Gegner um eine Haupteslänge überragte. Myrra griff nach dem Arm von Meister Umbero, als dieser sich schon gesetzt hatte.

„Es ist wohl kaum jemand unfähiger als dein Meister Capo! Seine Studien über Zauber für tropfsichere Teekannen helfen nun wirklich niemandem", gab der Große zurück.

Myrra stockte der Atem. Einen Meister zu beleidigen, war keine Kleinigkeit. Das schien auch der Lehrling, der zuerst gesprochen hatte, so zu sehen. Myrra konnte erkennen, wie ihm das hämische Grinsen aus dem Gesicht fiel und er den Sprecher mit zusammengekniffenen Augen fixierte.

Aber er beschimpfte seinen Kontrahenten nicht weiter, und Myrra dachte schon, die Auseinandersetzung sei beendet. Doch dann konnte sie, wie jeder Magier in unmittelbarer Nähe, spüren, wie seine Präsenz in Omnipa immer stärker wurde.

Er schleuderte dem anderen Lehrling die vollen Weinkrüge entgegen. Ohne eine Bewegung seiner Arme und Hände. Doch die Krüge zersprangen auf dem Boden und dem magischen Schild, den sein Gegner aufgebaut hatte. Alle Umstehenden und selbst die Meister vom Nebentisch waren mit Wein übergossen. Die sichtlich verärgerten Meister erhoben sich von ihrem Tisch und es folgte eine so heftige Standpauke an die Streitenden, dass Myrra sich unwillkürlich geduckt hatte, obwohl die Rüge nicht ihr galt und sie die harten Worte durchaus als gerechtfertigt empfunden hatte.

„Ob das wohl Lehrlinge von Meister Fero waren?", fragte sie Meister Umbero, doch er zuckte nur mit den Schultern. Trotz oder gerade wegen dieses Zwischenfalls drehten sich nun alle weiteren Gespräche im Gasthaus um den Mord.

Umbero schüttelte den Kopf über seinem Lammeintopf. „Es wird nicht lange dauern, bis die gesamte Stadt weiß, dass es ein Nicht-Magier war und wir keinerlei Spur haben. Wir müssen morgen unbedingt ansprechen, wie wichtig Stillschweigen in dieser Sache ist."

Nun saßen sie den Verantwortlichen der Magiergilde gegenüber. Am Kopfende der Halle stand eine dunkle Holztafel, um die die Teilnehmer der Versammlung Platz genommen hatten. Die Anwesenden waren, abgesehen von Meisterin Superbia, Myrra und einer weiteren, älteren Frau, alles Männer. Abgesehen von den üblichen Grußformeln sprach keiner ein Wort. Die Ratsmitglieder saßen ungewöhnlich still an der Tafel.

Als die Versammlungsteilnehmer vollständig waren, stand Superbia auf und ergriff das Wort. Zuerst stellte sie Meister Umbero und Myrra offiziell vor und alle Blicke richteten sich neugierig auf die beiden.

„Die Gilde befindet sich in einer erschreckenden Situation. Urplötzlich sind wir ohne die Führung unseres geschätzten Kollegen Fero. Und sein Tod bringt uns in gehörige Schwierigkeiten, denn der König verlangt umgehend Erklärungen. Einer seiner obersten Beamten ist schon auf dem Weg in die Stadt."

Diese Neuigkeit erschreckte die Anwesenden genauso sehr wie Myrra, wie sie aus deren Herumrutschen auf ihren Stühlen schloss.

„Ich habe bereits eine Erklärung vorbereitet. Wir werden dem Beamten von dem großartigen Vorhaben erzählen, das Fero geplant hatte."

Myrra setzte sich aufrecht hin und ließ die Feder sinken, während sie Meisterin Superbias Worten folgte.

„Die Probleme, vor denen wir ihn gewarnt hatten, waren allem Anschein nach doch größer als erwartet und die Gegner dieses Vorhabens haben ihn ermordet."

Der Mann zu Superbias Rechten, der sich beim Eintreten als Meister Trevor vorgestellt hatte, nickte mit ernstem Gesicht. „Meisterin Superbia hat recht. Wir hätten schon viel früher etwas gegen die Gewürzhändler unternehmen sollen."

„Dem königlichen Beamten wird nichts anderes übrigbleiben, als zu akzeptieren, dass Fero sein tragisches Ende fand, während er dem König einen großen Dienst erwies."

Superbia blickte um Zustimmung heischend in die Runde und wurde mit vereinzeltem Nicken belohnt. Auch Myrra schaute in die Gesichter der Anwesenden. Es irritierte sie, wie wenig Mitgefühl die Ratsmitglieder für den Tod eines der ihren zeigten und wie gewissenlos sie sein Schicksal für die eigenen Zwecke nutzen wollten.

Meister Umbero neben ihr klopfte sacht mit den Fingerspitzen auf die Tischplatte. Für Myrra stets ein untrügliches Zeichen dafür, dass er unzufrieden war.

„Woran hat Meister Fero gearbeitet? Und warum sollte ihn deswegen jemand töten?", fragte er die Ratsmitglieder.

„Er plante eine magische Verstärkung der Stadtmauer", antwortete Meister Trevor mit bedeutungsschwerer Stimme. „Der gesamten Mauer", fügte er dann noch hinzu, während er sich mit der Hand über sein schütter werdendes Haar strich.

Myrra konnte gerade noch verhindern, dass ihr vor Erstaunen der Mund offen stehen blieb. Die Ausmaße dieses Vorhabens waren gigantisch. Um so viel Kontrolle über Omnipa zu erhalten, wäre Fero Gefahr gelaufen, sich selbst zu verlieren und zu enden wie der legendäre Magier Somnio.

Myrra blickte zu Meister Umbero. Auch er hatte eine Augenbraue nach oben gezogen.

„In Anbetracht der Größe der Mauer, hätte er doch niemals beabsichtigt, allein den Zauber zu wirken. Das hätte seine gesamten Kräfte gebunden. Wen hatte er ausgewählt, ihn bei diesem Vorhaben zu unterstützen?", fragte Meister Umbero.

„Seine Lehrlinge", sagte Meister Trevor sofort. „Allen voran sicher Falsus, der ihm kaum von der Seite gewichen ist und von seinen Schülern sicher der Herausragendste ist."

Zustimmendes Gemurmel begleitete seine letzten Worte.

„Und was hatte dieses Vorhaben mit den Gewürzhändlern zu tun?", formulierte Meister Umbero dann die Frage, die sich auch Myrra schon gestellt hatte.

„Einige reiche Gewürzhändler in der Stadt verzollen weitaus weniger Ware als vorgeschrieben für die florierenden Geschäfte, auf die ihr Reichtum schließen lässt. Die Stadtwache und das Zollamt haben den Verdacht, dass sie beträchtliche Teile ihrer Waren am Zoll vorbeischmuggeln. Natürlich konnte noch keinem von ihnen etwas nachgewiesen werden. Eine besser befestigte Mauer hätte ihnen schwere Verluste zugefügt", erklärte Meister Trevor.

„Und die Gewürzhändler wussten von Feros Vorhaben?"

„Er hat es oft und auch laut genug verkündet."

„Aber keiner dieser Händler kann es gewagt haben gegen einen Magier anzutreten und ihn zu töten", mutmaßte Meister Umbero.

„Persönlich vielleicht nicht, aber womöglich hat einer von ihnen jemanden dafür bezahlt. Sie werden wohl auch kaum selbst auf der Mauer herumklettern. Sicher haben sie Handlanger, die für Geld alles tun", sagte Meister Trevor und verzog das Gesicht.

„Sie beschäftigen angeblich auch viele Söldner, als Eskorte für ihre Gewürzlieferungen. Solchen Schlägern ist sicher auch ein Auftragsmord zuzutrauen!", ereiferte sich nun auch Superbia. Sie seufzte vernehmlich und schüttelte den Kopf. „Es ist wirklich eine Schande. Eure Aufgabe, Meister Umbero, wird es nun sein, die Gewürzhändler zu einem Geständnis zu bewegen und ihre gedungenen Meuchelmörder zu finden. Dass er ohne Magie getötet wurde, beweist eindeutig, dass es ein Nichtmagier war."

„Nicht unbedingt. Es kann dennoch ein Magier gewesen sein." Umberos Worten folgte absolute Stille und die Ratsmitglieder schauten ihn empört an.

„Aber wer sollte so etwas tun? Kein Magier würde so tief sinken!", rief Meister Trevor empört.

„Ihr wisst, was ihr zu tun habt und wir haben noch eine weitere äußerst wichtige Angelegenheit, um die wir uns dringend kümmern müssen." Superbia machte eine Pause. „Die Gilde kann nicht ohne Oberhaupt bleiben." Wieder blickte sie um Zustimmung heischend in die Runde.

„Das ist eine wichtige Entscheidung, die wir nicht über das Knie brechen sollten", bremste sie die alte Frau weiter unten an der Tafel. „Ich schlage vor, wir planen die Abstimmung für unsere nächste Versammlung in einigen Tagen. Bis dahin nutzen wir die Zeit, nachzudenken und abzuwägen, wer der geeignetste Kandidat ist", bestimmte sie mit unnachgiebigem Gesichtsausdruck.

Nach ihrer Mimik zu urteilen, war das nicht die Antwort, die Superbia gerne gehört hätte, aber sie widersprach nicht. Ihre Mitmagier waren offensichtlich der Ansicht, damit sei alles Notwendige gesagt worden, denn sie hoben die Versammlung auf, indem sie einfach aufstanden und sich anschickten die Halle zu verlassen. Auch Meister Umbero und Myrra erhoben sich und schlossen sich Meister Trevor an, der auf das große Tor zustrebte. Bevor sie die Halle verließen, blickte Myrra zurück und sah Superbia etwas unschlüssig neben der Tafel stehen und zögerlich einige Nachzügler ansprechen.

KAPITEL 5

Umbero und Myrra blieben in der Eingangshalle zurück, nachdem ihnen der Magier neben ihnen zugenickt und dann eiligen Schrittes das Gildehaus verlassen hatte.

„Nun. Ich denke, wir widmen uns zuerst dem aller Wichtigsten", sagte Umbero und wandte sich mit ernstem Gesicht Myrra zu. „Was hältst du von einem Mittagsmahl?"

Myrra schmunzelte. „Das ist ein guter Einfall."

„Ich muss Brunhilla von diesem Lammeintopf im Gasthaus gegenüber erzählen, vielleicht schafft sie es, ihn nachzukochen." Umbero schaute hoffnungsvoll, während sie aus dem Gildehaus auf die sonnenbeschienene Straße traten.

„Und damit du ihn ihr so genau wie möglich beschreiben kannst, musst du ihn vorher noch so oft wie möglich kosten, wie?", fragte Myrra lachend.

„Ein hervorragender Einfall, Myrra. So langsam scheint dir meine Arbeitsweise begreiflich zu werden", antwortete ihr Umbero mit einem Augenzwinkern.

Sie hatten das Gasthaus betreten und blickten sich in dem Schankraum um. Die Mittagsstunde hatte noch nicht geschlagen, deshalb waren noch einige Tische unbesetzt. Umbero und Myrra ließen sich am nächsten davon nieder. Abwesend strich Myrra mit der Hand über die Tischplatte aus hellem Holz. Anders als in anderen Lokalen gab es hier keine Brandspuren von Kerzenstummeln oder Pfeifen auf den Tischen. Sie konnte verstehen, warum es Umbero in dem hellen Lokal so gut gefiel.

Kaum hatten sie Platz genommen, erschien auch schon der Wirt, um sie nach ihren Wünschen zu fragen. Er erkannte sie vom Vorabend wieder und Meister Umbero verstrickte ihn sogleich in eine wortreiche Diskussion über die richtigen Gewürze in einem Lammeintopf. Schon nach wenigen Sätzen schien der Wirt vergessen zu haben, dass er mit einem Magier sprach. Myrra lächelte, es gelang Meister Umbero immer den Menschen hinter der Stellung zu sehen und ihm das Gefühl zu geben, ernstgenommen zu werden. Letztlich verschwand der Wirt in der Küche mit dem Versprechen, ihnen das Beste zu servieren, was sein Haus zu bieten hatte.

„Was werden wir als Nächstes unternehmen?", lenkte sie das Gespräch auf ihre Aufgaben zurück. „Werden wir die Gewürzhändler aufsuchen?"

„Das scheint momentan tatsächlich die vielversprechendste Spur zu sein", stimmte Meister

Umbero zu. „Es ist nur schwer zu glauben, dass einfache Söldner in der Lage gewesen sein sollen, den obersten Magier zu töten. Und vergiss nicht sein Sicherheitsnetz an der Mauer. Das hätten sie niemals überwinden können und er hätte sie doch sicher nicht hereingelassen." Meister Umbero unterbrach seinen Gedankengang, als der Wirt Schalen voller Eintopf und Becher voller Wein brachte.

„Außerdem können wir gar nichts anderes tun, als dieser Spur nachzugehen. Die Rats-mitglieder wollen es so und die Gewürzhändler haben tatsächlich einen triftigen Grund gehabt, Meister Fero und sein Vorhaben um jeden Preis aufzuhalten."

Meister Umbero wandte sich seinem Essen zu und auch Myrra griff nach dem Löffel. Der starke Wein passte hervorragend zu dem würzigen Eintopf. Meister Umbero winkte gerade dem Wirt, um einen neuen Krug zu bestellen, als ein Botenjunge durch die Tür stürmte. Suchend blickte er sich im Schankraum um und richtete sich dann an die ersten Gäste nahe der Tür.

„Wo ist Magiermeister Umbero?", fragte er und schnappte keuchend nach Luft.

„Das bin ich, mein Junge", rief ihn Umbero an ihren Tisch. „Was ist los? Warum solch eine Hektik?"

„Ich wurde nach Euch geschickt. Es kam eine dringende Nachricht aus der königlichen Haupt-stadt." Atemlos überreichte er Umbero eine Per-gamentrolle.

Myrra reichte dem Jungen einige kleine Münzen, während Umbero mit gerunzelter Stirn das Pergament aufrollte. Die steilen Falten auf seiner Stirn vertieften sich, je mehr er in der Rolle las. Langsam wurde auch Myrra unruhig. „Was ist los?", fragte sie.

„Es ist eine Nachricht von Brunhilla. Es geht um unsere jüngste Tochter Karena", sagte er leise.

„Die, die ein Kind erwartet? Stimmt etwas nicht?", fragte Myrra.

„Ja und ja, so sieht es aus." Meister Umberos Hände strichen fahrig über das Pergament.

„Ich muss sofort nach Urbia zurück." Schon hatte er sich von seinem Stuhl erhoben.

„Geh nur schon zurück zum Gildehaus und packe deine Sachen. Ich komme sofort nach", versicherte ihm Myrra, während sie nach dem Wirt winkte.

Sie zählte dem Wirt die Summe für ihr Mahl und ein großzügiges Trinkgeld in die Hand. Sie konnte nicht verhindern, dass ihre Hände leicht zitterten. Dann stammelte sie einen Gruß und verließ eiligen Schrittes das Gasthaus.

Die wenigen Schritte zwischen dem Gasthaus und dem Gildehaus reichten aus, damit sie sich die schrecklichsten Szenarien für Karena vorstellen konnte.

Die Tür zu Meister Umberos Gemächern war nur angelehnt, als sie ankam. Sie drückte sie auf und trat in den Raum.

Umbero hatte bereits seine Tasche auf das Bett geworfen und war dabei, seine Habseligkeiten hineinzustopfen. Myrra trat zögerlich näher.

„Du musst die obersten Magier darüber unterrichten, dass ich in dringenden Angelegenheiten wegmusste." Umberos Stimme klang angespannt.

„Natürlich, das werde ich", sagte Myrra. „Was denkst du, wie lange werden die

Ermittlungen ruhen müssen, bis du zurück bist?", fragte sie.

„Ruhen? Warum sollten die Ermittlungen ruhen? Du bist doch hier!", antwortete er, ohne von seinen Kleidern aufzublicken.

„Ich? Ich denke nicht, dass ich das allein schaffe", sagte Myrra kleinlaut. Das konnte er doch nicht ernst meinen? Wie erstarrt blieb sie stehen.

„Doch Myrra, das schaffst du." Umbero blickte von seinen Taschen auf, trat vor sie und griff nach ihren herunterhängenden Armen. „Ich weiß, dass du das kannst. Du arbeitest nun schon eine ganze Weile mit mir. Ich weiß, du hast in der Vergangenheit oft etwas anderes zu hören bekommen, aber du bist klug und talentiert."

Myrra blickte in das freundliche Gesicht hinter dem struppigen grauen Bart. Meister Umbero war wirklich der Einzige, der das dachte und es je zu ihr gesagt hatte. Gerne hätte sie ihm geglaubt, aber wie sollte sie all die anderen Stimmen ignorieren, die nicht müde geworden waren, ihr zu versichern, dass sie ein Nichts und Niemand war. Alle guten Worte von Meister Umbero konnten die Erinnerung an die Schimpf-tiraden ihrer Familie nicht auslöschen. Was hatten sie ihr nicht alles an den Kopf geworfen.

Myrra hatte es ihnen nicht einmal verübeln können, als sie im tiefsten Winter das gesamte Haus in Brand gesetzt hatte. Angst vor der Dun-kelheit hätte man einem kleinen Kind noch nach-gesehen, aber eine gut erzogene Tochter, hätte nicht selbst etwas unternommen.

„Und du weißt besser als die Meisten, dass hinter der schön gezeichneten Fassade der Menschen meist eine ganz andere Wahrheit steckt. Vertraue einfach auf deinen Instinkt, dann wirst du den Weg schon finden." Meister Umbero blickte sie fest an.

Dann ließ er sie los und wandte sich wieder seinen Taschen zu, während sie wie angewurzelt stehenblieb. Nichts würde Umbero daran hindern zu gehen, dessen war sich Myrra sicher. Wie wichtig ihm seine Familie war, gehörte zu den ersten Dingen, die ihr an ihrem Meister aufgefallen waren.

Sie waren beide mit wenig Gepäck angereist, sodass Meister Umbero mit dem Packen schon fertig war. Er drückte ihr ein letztes Mal aufmunternd die Schulter, dann rauschte er aus dem Raum. Myrra trat ans Fenster und blickte auf die Straße hinab. Sie sah gerade noch, wie Meister Umbero in eine wartende Kutsche sprang, dann fuhr er auch schon davon.

Als die Kutsche um die Straßenecke bog, ließ sich Myrra auf den Bettrand sinken. Sie stützte die Ellenbogen auf die Knie und ließ den Kopf in die Hände sinken. Ein eisiger Klumpen lag in ihrem Magen, bei dem Gedanken, wie sie ohne Meister Umbero ihre Aufgabe weiterführen sollte.

Ohne ihn würde sie vollkommen verloren sein. Sie hatte nicht die leiseste Ahnung, wie sie weiter vorgehen sollte und glaubte selbst nicht daran, dass sie für diese Aufgabe geeignet war. Und sie war sich sicher, dass sie niemals in der Lage sein würde, andere davon zu überzeugen.

In ihrem Kopf wirbelten die Gedanken durcheinander. Was sollte sie nur tun? Sie erhob sich vom Bett und tigerte, die Hände in die Ärmel ihrer Roben gekrallt, im Raum auf und ab. Sie konnte nicht tun, worum Meister Umbero sie gebeten hatte. Denn sie würde zweifelsohne versagen und dann würde der König die gesamte Gilde auflösen. Für eine derart wichtige Aufgabe war sie einfach nicht geeignet. Sie war erst wenige Wochen in Meister Umberos Diensten. Ihr fehlte einfach seine jahrelange Erfahrung und es stand zu viel auf dem Spiel.

Am liebsten wollte sie den obersten Magiern mitteilen, dass sie einen anderen mit der Lösung dieses Falles beauftragen mussten. Doch dies würde bedeuten Meister Umbero, der sich ihrer in solch väterlicher Weise annahm, als sie jedes Ziel verloren hatte, zu enttäuschen. Und dieses Gefühl wog tatsächlich noch schwerer, als die Angst, zu versagen. Sie blieb stehen und straffte die Schultern, sie war es ihm schuldig, dass sie ihr Bestes gab. Oder es zumindest versuchte.

KAPITEL 6

Myrra setzte sich an Meister Umberos Schreibtisch. Um ihre flatternden Nerven zu besänftigen, machte sie sich erst einmal einen Kräutertee. Sie wollte deswegen keinen Diener rufen, griff deshalb nach dem Wasserkrug und goss seinen Inhalt in einen der irdenen Becher. Meister Umbero, der Teefreund, hatte in seiner Eile seinen kleinen Teevorrat vergessen, den er immer mit auf Reisen nahm.

Sie griff nach ihrer Gabe und leitete sie langsam und vorsichtig in das Wasser, bis es kurz vor dem Siedepunkt stand. Während sie die Kräuter hinzugab, seufzte sie. Ein starker Branntwein wäre ihr im Augenblick noch viel lieber gewesen, aber leider war es nicht möglich, mithilfe der Magie das grundlegende Wesen der Dinge zu verändern, also musste Tee genügen.

Dann griff sie nach Feder und Pergament und schrieb eine kurze Nachricht an die Ratsmitglieder über Meister Umberos Weggang. Ein Bote im Dienst der Gilde war schnell gefunden und sie schickte ihn zu Meisterin Superbia. Dann versuchte sie, tief durchzuatmen und ihre Gedanken zu sammeln, denn das war nur der einfachste Teil gewesen.

Sie wollte nicht untätig herumsitzen, während sie auf Antwort wartete. Das würde ihr nur zu viel Gelegenheit geben, darüber nachzudenken, wie unüberwindbar die Hürde vor ihr war. Deswegen beschloss sie, sich auf den Weg zu den Gewürzhändlern zu machen. Da der Rat sie für schuldig hielt, erschien ihr das nur folgerichtig.

Sie grübelte einige Augenblicke über das richtige Vorgehen, doch ihr fiel nur ein, das Zunfthaus aufzusuchen und um eine Audienz zu bitten. Sie fragte sich, was Meister Umbero wohl dazu sagen würde und wünschte sich sehnlichst, er wäre noch hier.

Sie versuchte, ihre Angst abzuschütteln und verließ das Zimmer. Auf dem Weg zum Zunfthaus der Händler versuchte sie, sich die Worte an die Gewürzhändler zurechtzulegen. Sie scheute die Konfrontation und versuchte sich mit dem Gedanken zu beruhigen, dass sie als Mitglied der Magiergilde weit über den Händlern stand. Sie hoffte, das allein reichte aus, um die Händler zur Kooperation zu bewegen.

Myrra erreichte das Zunfthaus und verlangte durch lautes Klopfen Zutritt. Sie musste nicht lange warten und ihr wurde geöffnet. Wider Erwarten wurde sie nicht in ein Empfangszimmer gebracht, sondern sofort in die Ratsstube. Und nicht nur das, die Zunftmeister der Händler waren schon anwesend, als hätten sie sie erwartet. Sie saßen an dem massiven Tisch, der auf einem Podium an der Stirnseite des Raumes stand. Myrra beschlich ein ungutes

Gefühl. Die Händler waren ihr deutlich einen Schritt voraus.

Das ungute Gefühl verstärkte sich, während sich die Blicke aller Anwesenden auf sie richteten. Das war der Augenblick, in dem sie für gewöhnlich hinter Meister Umbero in Deckung ging. Doch er war nicht da. Sie war ganz allein. Also straffte sie die Schultern und versuchte sich so groß wie möglich zu machen.

„Möge Omnipa Euch gewogen sein", grüßte sie die Zunfträte, kaum dass sie eingetreten war. Sie wollte ihnen nicht die Gelegenheit geben, zuerst zu sprechen, um sich selbst daran zu hindern, eingeschüchtert davonzulaufen. „Ich bin gesandt vom obersten Rat der Magier." Noch während sie das sagte, ging ihr durch den Kopf, dass das eigentlich nicht stimmte. Der einzige, der sie mit irgendetwas beauftragt hatte, war Meister Umbero. „Der Gilde ist zu Ohren gekommen, dass es Diskrepanzen in der Ein- und Ausfuhr Eurer Waren gibt und Meister Fero das unterbinden wollte. In Anbetracht seiner kürzlichen Ermordung macht das die Gewürz-händler verdächtig."

Das war eine ungeheuerliche Unterstellung, die Myrra gerade ausgesprochen hatte, trotzdem blieben die anwesenden Zunfträte ruhig, als hätten sie damit gerechnet.

„Magierin Myrra, das sind schwere Anschul-digungen, die ihr da vorbringt. Seid Ihr Euch sicher, dass Ihr diesen Weg gehen wollt?" Ein unscheinbarer Mann in Myrras Alter hatte das Sprechen für die Gewürzhändler übernommen.

Das klang nicht gut. Die Zunfträte wirkten nicht im Mindesten eingeschüchtert. Lag da sogar eine versteckte Drohung in diesen Worten?

Myrras Kopf war völlig leer und sie stand wie erstarrt vor den Zunfträten. So hatte sie das nicht geplant.

Sie beschloss, auf direkten Angriff zu setzen. „Meister Feros Pläne hätten Euren Schmuggel unterbunden. Habt Ihr ihn deshalb ermorden lassen?"

Der Mann, der gesprochen hatte, erhob sich von seinem Stuhl und beugte sich drohend vor, die Hände auf der Tischplatte abgestützt.

„Die Zunft der Gewürzhändler hat bestimmt keinen Magier ermorden lassen!" Myrras Zunge klebte an ihrem plötzlich trockenen Gaumen, sie wusste nicht, was sie sagen sollte.

Sie öffnete den Mund, doch es wollten ihr keine stichhaltigen Argumente einfallen. Welche Beweise gab es für die Schuld der Gewürz- händler? Und wie sollte sie ein Geständnis erwirken, wie es der Rat wünschte, wenn sie so ahnungslos war? Sie holte tief Luft und versuchte ihre Zweifel beiseitezuschieben, um erneut auf die verdächtige Begebenheit hinzu- deuten. Doch der Sprecher schnitt ihr das Wort ab.

„Ich will nichts mehr davon hören! Das lässt sich die Zunft nicht bieten!" Er nickte einem älteren Herrn am anderen Ende des Tisches zu. Der Anblick des Mannes, der sich erhob, war ein- schüchternd. Nicht wegen seiner Größe, die kaum dem Durchschnitt entsprach und auch nicht wegen seiner prächtigen Kleidung. Es lag vielmehr an dem großen Siegel, das an einer goldenen Kette mit dicken Gliedern auf seiner Brust ruhte und ihn als einen der höchstrangigen Beamten des Königs auswies.

„Der königliche Beamte Adeodatus", stellte ihn der Zunftrat vor, der das Reden übernommen hatte. Myrra schluckte schwer. Einen königlichen Beamten hatte sie hier nicht erwartet. Was machte er hier?

„Magierin Myrra", sprach er. „Der König wünscht keinen Streit zwischen Magiern und Zunftleuten! Ohne stichhaltige Beweise dürfen solche Anschuldigungen nicht vorgebracht werden!"

Myrra krampfte die Hände in den Ärmeln ihrer Robe zu Fäusten. Es war ein geschickter Schachzug gewesen, sich hinter einem königlichen Beamten zu verstecken, wie sie zugeben musste. Ihm konnte sie nicht widersprechen, schließlich sprach er für den König. Doch warum hatten sie es getan? Was hatten die Zunftleute zu verbergen?

Hier allerdings würde sie nichts mehr erfahren. Sie verabschiedete sich vom Zunftrat in dem Bemühen, sich nicht allzu offensichtlich geschlagen zu geben.

Vor dem Zunfthaus blieb sie in der Sonne stehen. Was sollte sie nun tun? Der Rat der obersten Magier hatte klar zu verstehen gegeben, was sie in Bezug auf die Gewürzhändler erwarteten. Wie sollte sie sie davon überzeugen, ihr die Ermittlungen zu übertragen, nachdem nun schon die erste Begegnung so ungünstig verlaufen war?

Sie machte sich auf den Weg zurück zum Gildehaus, in der Hoffnung, dass dort eine Antwort des Rates auf sie wartete. Im Laufen blickte sie auf ihre Schuhe hinunter. Sie fühlte sich, als hätte sie schon versagt. Vielleicht wäre es wirklich das Beste, wenn der Rat einen anderen für diese Aufgabe bestimmte, auch wenn Meister Umbero dann enttäuscht von ihr wäre.

Sie versuchte, sich mögliche Kandidaten vorzustellen und wie sie an ihrer statt mit den Zunfträten gesprochen hätten. Je mehr sie darüber nachgrübelte, desto mehr bezweifelte sie, dass sie andere Möglichkeiten gehabt hätten als sie. Konfrontiert mit dem königlichen Beamten, wären auch jedem anderen die Hände gebunden gewesen. Der König stand noch immer über der Gilde und wenn er seine schützende Hand über die Händler hielt, konnte sie wenig machen.

Sie zweifelte jedoch, dass der Rat der obersten Magier sich damit zufriedengeben würde. Sie würden es für ihr Versagen halten. Sie war zwar fest davon überzeugt, dass Meister Umbero das nicht glauben würde, dennoch ärgerte sie sich bei dem Gedanken, dass man sich über sie beschweren könnte. Und das noch bevor man die ganze Geschichte gehört hatte. Das hatte sie schon häufiger erlebt. Und derart vorschnelle Schuldzuweisungen machten sie rasend.

Ohne es zu merken, schritt sie schneller aus. Dann blieb sie stehen. Das war auch genau das, was die Gilde mit den Gewürzhändlern tat. Sie waren verdächtig, keine Frage. Aber der Rat hatte nicht nach einer Überprüfung des Verdachts gefragt, sondern sofort das Erwirken eines Geständnisses gefordert.

Sie zwang sich weiterzugehen, da sie die Leute schon anstarrten, weil sie wie eine Statue mitten auf der Straße stand.

Die Situation war zum Verzweifeln. Dass Meister Umbero ausgerechnet bei diesem schwierigen Fall nicht hier war. Sie war nicht die Richtige für diese Aufgabe, aber sie konnte auch

nicht dabei zusehen, wie die Gilde nicht sorgfältig genug ermittelte, weil es ihr unangenehm
war, dass ausgerechnet der oberste Magier ohne
Magie getötet worden war und sie den Vorfall so
schnell wie möglich vergessen wollte.

Blieb allerdings noch die Frage, wie sie den
Rat der obersten Magier überzeugen sollte, sie
nicht nach Hause zu schicken.

KAPITEL 7

Der Nachmittag war schon weit fortgeschritten, als Myrra im Viertel der Handwerker ankam. Bis zum Abend war es noch eine Weile hin, dennoch war sie schon vollkommen erschöpft.

Sie hatte eine Nachricht erhalten vom Rat, dass sie von ihnen im Gildehaus erwartet wurde, um über die Fortführung der Ermittlungen zu sprechen. Sie waren alles andere als begeistert gewesen über die Tatsache, dass Meister Umbero in die Hauptstadt zurückgekehrt war. In ihren Augen eine unverzeihliche Pflichtverletzung.

Äußerst empört hatten sie auch abgelehnt, dass Myrra seine Aufgabe übernahm. Sie waren erst einverstanden, als sie ihnen versicherte, dass es Umberos ausdrücklicher Wunsch war und er bald zurückkommen würde. Myrra vermutete allerdings, dass es eher der Argwohn war, den die obersten Magier gegeneinander hegten, der sie Myrra einem von ihren eigenen Leuten vorziehen ließ.

Dennoch schenkten sie ihr nicht ihr volles Vertrauen. Sie drohten ihr mit strenger Beobachtung und forderten tägliche Berichterstattung.

Gleich anschließend hatte sie die Wachen am Stadttor aufgesucht. Sie wollte wissen, ob der Verdacht gegen die Gewürzhändler überhaupt gerechtfertigt war. Die Wachen hatten sich kaum getraut offen mit ihr zu sprechen. Aber immerhin hatte sie dabei herausgefunden, dass die meisten Gewürzhändler häufig mit nur einer Fuhrmannsfamilie arbeiteten.

Die Fuhrleute hatten sie letztlich auf Nachfragen nach den Söldnern, die als Begleitschutz für die Fuhren angeheuert wurden, an diese Adresse verwiesen. Auf den ersten Blick sah es hier nicht so aus, als könnte man hier Söldner anheuern. Andererseits hatte Myrra auch noch nie welche in den Dienst gestellt und wusste daher nicht, wo sie für gewöhnlich zu finden waren.

Es handelte sich um ein kleines Anwesen im Viertel der Handwerker. Ein auf die Straße hin offener Hof grenzte rechter Hand an einen Mietstall, der wohl zu dem etwas heruntergekommenen Schankhaus hinter dem Hof gehörte. Auf der linken Seite gab es eine Schmiede.

Myrra stand auf der Mitte des Hofes, doch selbst von hier vermeinte sie die glühende Hitze der Esse, die sie durch ein weit geöffnetes Tor sehen konnte, zu spüren. Fasziniert starrte sie in die orangene Glut und beobachtete, wie die Funken in alle Richtungen stoben, wenn eines der Eisenstücke zum Aufwärmen wieder zurück ins Feuer gestoßen wurde.

Das orangene Aufleuchten hielt ihren Blick gefangen. Die kleinen Flämmchen auf den

Kohlen wirkten so harmlos, und doch konnte sie die verheerende Kraft dahinter spüren. Sie war so gebannt vom Anblick der Glut, dass sie nicht bemerkte, wie ein großer Zweispänner mit der Pritsche voller Fässer und Kisten auf den Hof geprescht kam. Sie fuhr erschrocken zusammen, als dicht neben ihr die beiden vor das Fuhrwerk gespannten Pferde schnaubend zum Stehen kamen. Hastig stolperte sie mehrere Schritte zurück und prallte mit dem Rücken gegen etwas Weiches. Langsam drehte sie sich um und blickte in ein bärtiges Gesicht. Der kräftig gebaute Mann griff nach ihrem Arm und schüttelte sie. „Wer seid Ihr? Was wollt Ihr hier?"

Myrra riss sich los und trat von dem kahlrasierten Mann zurück. Sie straffte die Schultern, während sie sich selbst eine Närrin schimpfte, so verträumt in der Gegend herumzustehen. Auf diese Weise wirkte sie bestimmt nicht respekteinflößend.

„Ich bin Magierin Myrra. Ich suche nach Hector, dem Söldner der Gewürzhändler. Wo finde ich ihn?", versuchte sie, mit fester Stimme zu verlangen, konnte aber nicht verhindern, dass sie stattdessen leicht zitterte.

„Das bin ich", sagte der Bärtige. „Was wollt Ihr? Was treibt Ihr auf meinem Hof?"

„Ich habe einige Fragen zu Eurem Abkommen mit den Gewürzhändlern", antwortete Myrra und versuchte weiter, sich ihre Nervosität nicht anmerken zu lassen.

Misstrauen zeichnete sich auf dem Gesicht ihres Gegenübers ab. Abschätzend ließ er den Blick über ihre Magierrobe gleiten. Myrra befürchtete, er würde sie wegschicken und überlegte, womit sie ihm drohen und ihn einschüchtern konnte.

„Kommt herein", sagte er dann aber und deutete auf das Gasthaus.

Zögerlich folgte Myrra ihm über den Hof. Im Inneren das Schankhauses war es düster, die fast blinden Fenster ließen kaum Nachmittagssonne herein. Das Holz im Inneren war schwarz vor Alter und Rauch.

Der Söldner durchquerte die enge Schankstube mit wenigen Schritten und trat hinter den Tresen. Myrra blieb davor stehen und beobachtete ihn abwartend. Fragend hob er einen irdenen Krug hoch, doch Myrra schüttelte den Kopf. Der Mann zuckte die Schultern und goss sich selbst Bier ein. „Seit wann sind die Geschäfte der Gewürzhändler Sache der Magiergilde?"

„Seit sie den Mord am obersten Magier betreffen könnten", antwortete Myrra geradeheraus. Angriff schien ihr in Hectors Fall die beste Verteidigung zu sein, deshalb wagte sie sich noch weiter vor.

„Ihr schmuggelt ihre Waren am Zoll vorbei." Sie formulierte absichtlich keine Frage. „Und Meister Fero plante die Stadtmauer mit Magie zu verstärken."

Während sie sprach, blieb ihr Blick an dem ellenlangen Messer hängen, das in Hectors Gürtel steckte und ihr kamen Zweifel, ob ihre Magierrobe Schutz genug war. Schließlich war auch der oberste Magier tot und der war wesentlich stärker gewesen als sie.

Plötzlich wünschte sie sich, sie hätte bei den Stadtwachen nach Begleitschutz gefragt, bevor sie hergekommen war. Dass es wie ein Zeichen von Schwäche ausgesehen hätte, erschien ihr nun nicht mehr so wichtig. Während sie ansetzte weiterzusprechen, registrierte sie, wie die Schankraumtür in ihrem Rücken geöffnet wurde und jemand hereintrat.

„Die Gewürzhändler könnten sich durch den dadurch drohenden Verlust veranlasst gefühlt haben, den Wunsch zu äußern, ihm könne etwas zustoßen." Nur mit Mühe konnte Myrra sich daran hindern, mehrere Schritte zurückzuweichen oder gar durch die Tür zu flüchten.

„Fragt Ihr mich, ob ich im Auftrag der Gewürzhändler den obersten Magier ermordet habe?" Ein Zucken in Hectors Gesicht, brachte Myrra dazu, abzuschätzen, wie lange er wohl brauchen würde, um den Tresen zwischen ihnen zu überwinden.

„Ja", antwortete sie. Es gab ohnehin kein Zurück mehr. Hector brach in schallendes Gelächter aus. Damit hatte Myrra nicht gerechnet und Ärger wallte in ihr auf. Die Angelegenheit war nun wirklich alles andere als lustig.

Während Hector vor Lachen kaum Luft bekam, trat der Mann, der eben durch die Tür gekommen war, neben ihn. Der ledernen Schürze nach, die mit Brandflecken übersät war, handelte es sich um den Schmied. Selbst während sie sich auf Hector konzentrierte, fielen ihr das sandfarbene Haar und die grünen Augen des schlanken, jungen Mannes auf.

„Ich fühle mich in der Tat geschmeichelt, dass Ihr glaubt, ich wäre in der Lage, einen Magier, und dann auch gleich noch den Obersten aller Magier, zu töten. Ist es überhaupt möglich für einen Magielosen einen von euch zu töten? Ich dachte nicht. Hast du das gewusst, Yadiel?", fragte er den Mann neben sich.

„Nein, aber das könnte eine überaus nützliche Neuigkeit sein." Er starrte Myrra bei diesen Worten lauernd an und beugte sich über den Tresen zu ihr herüber. Myrra verstand die Drohung in den Worten sehr wohl. Ein eisiger Schauer rann ihr den Rücken hinunter. Wie immer, wenn sie Angst hatte, musste sie sich beherrschen, nicht im Geiste zu Omnipa zu flüchten. Dennoch loderte die Glut unter dem Kessel im Kamin in der Mitte des Schankraums urplötzlich auf und Funken stoben in alle Richtungen. Hector und Yadiel fuhren erschrocken zusammen und blickten irritiert zum Kamin.

„Einer Magierin zu drohen lässt Euch nicht gerade weniger verdächtig erscheinen", beschied Myrra den beiden Männern und klang dabei wesentlich unerschrockener, als sie es tatsächlich war. „Ihr solltet lieber anfangen einen glaubwürdigen und stichhaltigen Nachweis für Eure Unschuld vorzuweisen!"

„Das wird nicht nötig sein", widersprach Hector. „Nach allem, was man bisher von diesem Vorhaben gesehen hat, hätte es die Schattengeschäfte der Gewürzhändler nicht beeinträchtigt. Wobei ich auf keinen Fall zugebe, davon zu wissen oder gar selbst beteiligt zu sein." Begleitend zu seinen letzten Worten hob er abwehrend die Hände.

„Meister Fero hatte bereits mit seinem Vorhaben begonnen?", fragte Myrra und vergaß sogar Angst zu haben. Das war neu. Warum hatten Myrra und vor allem der Rat der obersten Magier davon nichts gewusst?

„Am Teil der Mauer nicht unweit von hier. Seine Lehrlinge versuchen es gerade immer noch. Das hatte viele Schaulustige angezogen. Es war auch sehr eindrucksvoll, aber wenn es sein Ziel war, den Schmuggel aufzuhalten, dann war er noch weit davon entfernt", antwortete ihr Hector.

„Was nicht bedeutet, dass die Gewürzhändler nicht doch vorsorgen wollten, für den Fall, dass er noch Erfolg haben könnte", gab Myrra zu bedenken und versuchte ein drohendes Gesicht aufzusetzen.

„Warum Geld ausgeben, solange es nicht nötig ist? Der Zauber hatte keinen Einfluss auf ihre Geschäfte. Geht hin und überzeugt Euch selbst", hielt Hector wenig eingeschüchtert dagegen.

„Das werde ich schon noch tun!" Es gefiel Myrra nicht von dem Mann bevormundet zu werden. Er war immer noch ein Verdächtiger.

„Ich werde mir die Mauer anschauen und wenn das, was ihr sagt, nicht stimmt, werde ich Euch zu weiterer Befragung in den Kerker bringen lassen!", drohte sie.

Hector zeigte sich von ihrer Drohung wenig beeindruckt. Er zuckte nur mit den Schultern und begann mit seinem speckigen Tuch den Tresen abzuwischen. Myrra machte sich auf den Rückzug. Beim Verlassen des Gasthauses sah sie, wie Hector und der Schmied die Köpfe zusammensteckten.

KAPITEL 8

Auf dem Hof vor Hectors Schankhaus blickte sie sich nach der Stadtmauer um, die über alle Gebäude ragte, dann setzte sie sich in Bewegung. Sie wollte den Zauber an der Mauer und Meister Feros Lehrlinge sehen. Bevor sie weiter dem Schmuggel der Gewürzhändler auf den Grund ging, wollte sie sich versichern, dass ihnen wirklich am Tod von Fero gelegen war.

Obwohl sie immer näherkam, konnte sie keinerlei Magie spüren. Selbst dann nicht, als sie nur noch eine Straße entfernt war. Das war nicht, was sie nach der Aussage von Hector erwartet hatte. Sie ging schneller, gespannt auf das, was sie an der Mauer erwartete.

Doch selbst, als sie an ihrem Fuße angekommen war, blieb das Gefühl naher Magie aus. Dafür konnte sie nun auf der Stadtmauer eine Gestalt in Magierroben ausmachen. Vor der langsam untergehenden Sonne zeichneten sich ihre Umrisse deutlich ab.

Myrra wartete einige Augenblicke und blickte empor. Sie beschirmte die Augen mit der Hand gegen die tiefstehende Sonne und beobachtete den Magier.

Er stand mit weit ausgestreckten Armen und geschlossenen Augen auf dem Mauerkamm. Die Methoden der Magier, die nötige Konzentration aufzubringen, die zur Kontrolle der Magie nötig war, waren so verschieden wie ihre Charaktere. Es war also gut möglich, dass dies tatsächlich des Magiers Art war zu zaubern, aber Myrra konnte noch immer nichts spüren und selbst den schwächsten Zauber würde sie aus dieser Entfernung wahrnehmen können.

Sie nahm die Hand von den Augen und blickte sich um. Von den vielen Schaulustigen, die die Übungen der Magier an der Mauer angeblich anzogen, war nichts zu sehen. Nur vereinzelt waren Leute da, die aber alle mit etwas anderem beschäftigt waren und sich nicht für den Mann auf der Mauer interessierten. Myrra trat auf einen Gardisten der Stadtwache zu.

„Was tut der Magier auf der Mauer?" Der Gardist blickte auf, beim Anblick ihrer Robe stutzte er kurz, antwortete dann aber doch auf ihre Frage.

„Denke, er versucht es dem anderen nachzumachen", sagte er.

„Nachzumachen? Was denn?"

„Das weiß ich doch nicht! Ihr seid die Magierin!", wehrte der Gardist ab.

„Aber was der andere Magier tat, sah anders aus?", fragte Myrra und ließ ihm seine aufmüpfige Art durchgehen. Sie musste mehr über die Vorgänge erfahren, wenn sie die Auswirkungen von Meister Feros Vorhaben selbst beurteilen und sich nicht nur auf die Aussage des Rats oder gar Hectors verlassen wollte.

„Da gab es wenigstens was zu sehen. Der hier fuchtelt nur mit den Armen."

Myrra blickte an der Mauer hinauf. „Was ist denn bei dem anderen passiert?", fragte sie neugierig.

„Großes Brimborium hat es gegeben. Blitze ohne Donner und die ganze Mauer hat geglüht", antwortete er mit ehrfürchtiger Stimme.

Sie drehte sich wieder zu dem jungen Mann um und sah ihn scharf an.

„Doch wirklich! Ich hab's gesehen!", bekräftigte er seine Aussage.

Entweder der Mann übertrieb maßlos oder Meister Fero hatte seine Zauber aufgeblasen, um die Leute zu unterhalten, denn in der Regel waren Zauber unsichtbar.

Myrra ließ den Gardisten stehen und erklomm die Treppe zum Mauerkamm. Der Magier reagierte nicht, als sie neben ihn trat und ließ ihr so genug Zeit, ihn eingehender zu betrachten. Er war kaum größer als sie und so schlank, dass er schon als mager bezeichnet werden konnte. Sein Haar war dünn und weizenblond. Das Gesicht mit den geschlossenen Augen war schmal und spitz wie das eines Wiesels. Sie räusperte sich mehrere Male laut, bevor er die Augen öffnete. Er hatte schon dazu angesetzt, sie anzufahren, als er ihrer Robe gewahr wurde.

„Was wollt Ihr?" Auch so klang seine Stimme unfreundlich.

„Ich bin Ermittlerin aus der königlichen Hauptstadt und untersuche den Mord an Meister Fero. Wer seid Ihr?" Myrra versuchte möglichst hochmütig zu klingen, scheiterte aber kläglich. Ihr Gegenüber sah sie immer noch von oben herab an.

„Ihr seid das? Ich hatte gehört, sie hätten nach einem Meister der Ermittlung geschickt." Der Zweifel in seiner Stimme ärgerte sie.

„Ich bin mit Meister Umbero gekommen. Er hat mir die Aufgabe übertragen. Wer seid Ihr?", wiederholte sie und ließ ihn deutlich ihre Verärgerung spüren, die aber an ihm abzuprallen schien.

„Ich bin Falsus. Ich war Feros Lehrling." Seine Stimme war voller Selbstgefälligkeit.

„Und was macht Ihr hier?" Myrra war nicht beeindruckt. Er antwortete nicht sofort und senkte den Kopf leicht und blickte sie mit geschürzten Lippen von unten herauf an.

„Ich führe wichtige Arbeiten von Fero weiter, über die nicht jeder Bescheid wissen darf." Myrra fragte sich, ob sie jemals einen arroganteren Menschen getroffen hatte.

„Die magische Befestigung der Stadtmauer", mutmaßte sie.

„Ihr wisst davon?", fragte er ungläubig.

„Jeder weiß davon. Aber Ihr scheint nicht annähernd so erfolgreich zu sein wie Fero. Warum führt ausgerechnet Ihr seine Arbeit weiter? Wo sind seine anderen Lehrlinge?", fragte sie.

„Er hatte mich ausgewählt, um an dieser Aufgabe zu arbeiten", verkündete Falsus mit stolzgeschwellter Brust.

„Aber allein scheint Ihr der Aufgabe nicht gewachsen zu sein."

„Was wisst Ihr schon! Fero hat mich ausgewählt, nicht nur als sein Lehrling, sondern auch für diese Aufgabe!", schrie er sie an.

„Aber an dieser Mauer ist keinerlei Magie. Ein verblassender Hauch von Feros Zauber, mehr nicht", stellte sie fest.

„Ich bereite mich noch vor, außerdem soll dieser Zauber nicht wahrgenommen werden." Falsus wurde mit jedem Wort aggressiver. „Warum greift Ihr mich an? Ist es nicht Eure Aufgabe, den Mörder zu fassen? Verdächtigt Ihr etwa mich?" Nun sprühte er geradezu vor verletzter Empörung. „Warum sollte ich meinen Meister töten?"

Ja, warum? Das war eine gute Frage, auf die Myrra keine Antwort wusste. Dennoch war sie nicht überzeugt, ganz und gar nicht, aber es gab keinerlei Hinweise, die ihren Zweifel begründeten, nur die leise Stimme in ihrem Kopf, die sagte, dass der Mann vor ihr kaum einen Tropfen magisches Talent in seinem Blut hatte und alles tun würde, um diese Tatsache zu verbergen.

„Ich stelle doch nur einige Fragen, das ist meine Aufgabe." Myrra hob beschwichtigend die Hände, erschrocken von seiner heftigen Reaktion. „Die obersten Magier haben mir die volle Unterstützung aller Magier zugesichert."

Das sollte den aufstrebenden Wichtigtuer überzeugen und tatsächlich, er blieb stumm, anstatt sich weiter aggressiv zu verteidigen.

Myrra beschloss, das Gespräch an dieser Stelle zu beenden und sich erst wieder mit Falsus zu beschäftigen, wenn sie echte Beweise für ihren Verdacht hatte.

„Nur eine Frage noch. Seine Hausangestellten erwähnten, Fero hätte Probleme mit einem anderen Magier kurz vor seinem Tod gehabt."

„Davon weiß ich nichts. Meisterin Superbia hat ihn oft aufgesucht. Vielleicht weiß sie etwas darüber."

Myrra nickte, bedankte sich widerwillig und wandte sich ab, um die Treppe hinunterzusteigen und die Mauer zu verlassen. Es war gerade einmal einen halben Tag her, dass sie die Ermittlungen übernommen hatte, doch war sie bereits am Ende ihrer Kräfte. Für heute würde sie zum Gildehaus zurückkehren, um über das nachzudenken, was sie erfahren hatte.

KAPITEL 9

Sie hatte sich noch nicht weit von der Stadtmauer entfernt. Doch mit jedem ihrer Schritte schien die Dunkelheit um sie herum immer mehr zuzunehmen, während die Nacht immer schneller hereinbrach und die Gassen kaum beleuchtet waren.

Myrra beeilte sich, ins Gildehaus zurückzukommen. Nach den heutigen Gesprächen mit Hector im Schankhaus und Falsus auf der Stadtmauer musste sie sich dringend ausruhen und ihre Gedanken ordnen.

Wie sie es auch drehte und wendete, sie befand sich in einer schwierigen Lage. Sie hatte den Rat der obersten Magier im Nacken, die erwarteten, dass sie die Gewürzhändler überführte. Doch diese hatten sich Hilfe von einem königlichen Beamten geholt. Außerdem hatte sie einen ehemaligen Lehrling von Fero, der nur vorgab magisches Talent zu besitzen und ihr verdächtig erschien. Doch die obersten Magier würden niemals zulassen, dass sie innerhalb der Gilde ermittelte.

Tief in Gedanken versunken eilte sie mit gesenktem Kopf die Gasse entlang und achtete nicht auf ihre Umgebung. Deshalb sah sie die dunkle Gestalt erst, als sie direkt vor ihr stand und den Weg versperrte. Gleichzeitig wurde sie von hinten gepackt. Jemand drückte ihre Ellenbogen hinter ihrem Rücken zusammen und gegen den Körper. Die überstreckten Gelenke schmerzten heftig und es war ihr unmöglich, sich zu wehren.

Von dem Angreifer vor ihr konnte sie nur die untere Hälfte seines Gesichts sehen. Abgesehen von seinem unrasierten Kinn war er unter einem dreckigen und abgerissenen Mantel mit Kapuze verborgen. Er zückte ein langes Messer und hielt es ihr vor die Nase.

„Na, was haben wir denn da?", lispelte er über die faulig gelben Zähne in seinem Mund.

„Lass mich los", rief Myrra atemlos. Doch der Mann hinter ihr lachte nur, während sie versuchte ihre Arme aus seinem Griff zu winden. Sie konnte den Mann hinter sich nicht sehen, doch bei dem bösartigen Klang seines Lachens geriet sie noch mehr in Panik, während ihr sein Gestank nach schalem Schweiß in die Nase stieg.

Ihre verzweifelten Bemühungen, sich zu befreien, schienen die beiden Männer nur zu amüsieren. Myrras Panik steigerte sich ins Unermessliche und sie konnte keinen klaren Gedanken mehr fassen.

Während sie immer heftiger versuchte ihre Arme zu befreien und die Männer immer lauter lachten, hatte sie den Blick starr auf die Fackel an der nächsten Straßenecke gerichtet, deren Flammen immer höherschlugen.

Der Angreifer vor ihr zerrte an ihrer Robe. Instinktiv versuchte sie, nach ihm zu treten, aber verfehlte ihn um Längen. Ihr Herz raste und sie konnte vor Panik kaum atmen, während sie sich selbst schon tot in der Gosse liegen sah.

Sie konzentrierte sich auf die Flammen der Fackel und versuchte alles andere auszublenden, bis sie nichts anderes sah und das leise Fauchen des Feuers hören konnte. Sie streckte ihren Geist aus und zum Glück war sie da, die Kraft, die sie schon ihr ganzes Leben begleitete. Sie griff nach ihrer Magie, wie ein Ertrinkender nach Luft schnappend, und zerrte sie hervor. Mit jeder Faser ihres Seins wollte sie, dass die fremden Hände sie losließen und die Angreifer verschwanden, und das um jeden Preis. Völlig unkontrolliert ließ sie die Kraft los, die sie herbeigerufen hatte.

Plötzlich ließ der Mann hinter ihr los und sie stürzte nach vorne auf die Pflastersteine. Ein stechender Schmerz fuhr ihr in beide Hand-gelenke, als sie mit ihnen versuchte, ihren Sturz aufzufangen, und eine Welle aus Hitze rollte über sie hinweg. Es dauerte einige Augenblicke, bis sie wieder zu Atem gekommen war. Auf den Pflastersteinen sitzend blickte sie sich nach den Angreifern um.

Was sie sah, ließ ihr Entsetzen noch größer werden. Der Mann hinter ihr hatte sie nicht einfach so losgelassen, sondern lag auf dem Boden. Er und sein Kumpan waren zu rauchenden Haufen verbrannt. Sie sah darauf hinunter und ihr Verstand weigerte sich zu glauben, dass das kurz zuvor noch Menschen gewesen waren. Zwei Menschen, die sie gerade getötet hatte. Das durfte einfach nicht wahr sein. Der Geruch von verbranntem Fleisch stieg Myrra in die Nase und ließ sie würgen.

Ein Stöhnen auf der anderen Gassenseite ließ sie herumfahren. Ein dritter Mann kauerte an der Hauswand, mit Brandwunden und kleinen Glutnestern übersät.

Auf Händen und Knien kroch Myrra zu ihm hinüber. Noch bevor sie bei ihm ankam, erkannte sie ihn. Es war der Schmied, den sie am Nachmittag getroffen hatte.

„Was macht Ihr hier?", fragte sie, doch nur ein weiteres Stöhnen antwortete ihr. Gehörte er etwa zu den Angreifern?

Irgendwie glaubte sie das nicht. Ihr Blick irrte über seine Gestalt und die Schuld legte sich schwer auf ihre Schultern. Er war wirklich schwer verletzt. Sie griff nach seiner Schulter, um den Schaden zu heilen, den sie angerichtet hatte.

Obwohl vom Angriff erschöpft und zittrig gelang es ihr, genügend Konzentration aufzubringen, um die Kraft zu finden, seine Wunden zu heilen. Völlig ausgelaugt sank sie zusammen. Der Schmied dagegen richtete sich überrascht blinzelnd auf.

„Was ist passiert?", fragte er.

„Das sollte ich eigentlich fragen. Was macht Ihr hier?"

Er rieb sich mit den Händen über das Gesicht. „Ich habe gesehen, wie Ihr angegriffen wurdet und wollte helfen. Doch ich hatte die Männer noch nicht erreicht, da schlug mir eine Feuerwalze entgegen."

„Es tut mir leid. Das war ich. Ich hätte besser auf die Umgebung achten sollen, als einfach den

Kopf zu verlieren." Am liebsten wäre sie im Boden versunken und hätte alles ungeschehen gemacht. Sie sollte das Wirken von Magie lieber den Meistern überlassen. „Es tut mir wirklich leid", wiederholte sie noch einmal.

„Schon gut", winkte er ab und mühte sich auf die Beine. Er klopfte den Straßendreck von seiner Kleidung und streckte dann die Hand aus, um auch ihr aufzuhelfen. „Es ist ja noch gut ausgegangen."

Wie konnte er das nur so einfach abtun. Sie hatte ihn schließlich schwer verbrannt.

„Das ist keine Gegend, in der eine Dame nachts allein unterwegs sein sollte", sprach er weiter, als sie nichts erwiderte.

„Ich hatte nicht geplant, so spät noch unterwegs zu sein", rechtfertigte sie sich mit zitternder Stimme und stützte sich mit der Schulter an der Hauswand ab. Sie konnte das Geschehene und vor allem das Gefühl, verantwortlich zu sein, nicht so einfach abtun.

Plötzlich fröstelte sie und schlang die Arme um sich, konnte aber nicht verhindern, dass ihre Zähne klapperten.

„Ich bringe Euch besser zurück", sagte er, während er sich nach dem Messer bückte, das der Angreifer fallengelassen hatte. Myrra antwortete nicht, sondern brachte nur ein Nicken zustande.

Der Schmied trat neben sie und wollte nach ihrem Arm greifen, doch sie winkte ab. Stattdessen stieß sie sich von der Wand ab und versuchte aufrecht zu stehen und die Schultern zu straffen. Die Schwäche, die sie eben gezeigt hatte, ziemte sich für ein Mitglied der Magiergilde nicht. Außerdem war sie sich nicht sicher, ob sie dem Schmied vertrauen konnte, schließlich steckte er mit den Söldnern der Gewürzhändler unter einer Decke. Sie war dennoch froh über seine Anwesenheit, denn sie wollte momentan unter keinen Umständen allein bis zum Gildehaus gehen.

Yadiel ging mit forschen Schritten neben ihr her. Nach wenigen Metern passierten sie das Gasthaus und die Schmiede, wo sie sich nachmittags getroffen hatten. Myrra ließ den Blick aufmerksam über das Anwesen gleiten. In den trüben Fenstern der Schenke brannte Licht und im Hof davor sammelten sich grölende Betrunkene. Hastig beeilte sie sich, mit Yadiel Schritt zu halten.

„Solltet Ihr nicht in einem großen Haus leben und es Euch gut gehen lassen, anstatt nachts durch die Gassen zu gehen und Mörder zu suchen?", fragte Yadiel in die Stille hinein.

Myrra war zu überrascht von der Frage und antwortete nicht sofort.

„So ist das Leben der Magier doch? Für die Drecksarbeit gibt es Angestellte", fragte er weiter.

Myrra zögerte so lange, zu antworten, dass er sie unsicher von der Seite ansah.

„Es stimmt schon, die Magiergilde hat Geld und Macht", antwortete sie dann vorsichtig. „Aber sie tun auch viel dafür und für alle Bürger von Patriam."

„Tun sie das?", seine Stimme klang zweifelnd.

„Natürlich tun sie das!", widersprach Myrra vehement. „Diese gesamte Stadt wurde von der Gilde aufgebaut. Sie ist neben Quaria das bedeutendste Handelszentrum des Landes! Dass Patriam überhaupt noch unser Land und eigenständig ist, das verdanken wir alles der Magiergilde! Schon vor Generationen wären wir von Fratris überrannt worden, würden nicht kämpfende und heilende Magier unser Heer verstärken!", führte Myrra aus und konnte einen gewissen Stolz nicht aus ihrer Stimme verbannen.

„Aber das ist schon lange her. Was haben all die Magier von heute getan? Sie sitzen in ihren großen Häusern und leben von Steuergeldern. Und werden sie wegen etwas um Hilfe gebeten, haben sie nur Ausreden. Die Probleme der einfachen Leute interessieren sie nicht", hielt Yadiel dagegen.

„Aber die Meisterin Superbia kümmert sich fast ausschließlich um das Armenspital. Ihr kann man das nun wirklich nicht vorwerfen", korrigierte sie ihn.

„Aber das ist eine von über hundert Magiern."

Darauf fiel Myrra keine Antwort ein, kannte sie die Selbstherrlichkeit ihrer Mitmagier doch nur zu gut.

„Aber auch Fero wollte etwas für die Stadt tun. Vielleicht hat er das sogar mit seinem Leben bezahlt", gab sie dann zu bedenken.

„Die Stadt wurde seit Jahrhunderten nicht mehr angegriffen. Eine magische Befestigung ist absolut überflüssig. Er hat es also weniger für die Stadt getan, als vielmehr um sich selbst gut darzustellen. Und ich glaube nach wie vor, dass es ein anderer Magier war, der ihn getötet hat", fügte er hinzu.

Myrra dachte über seine Worte nach und musste ihm im Stillen recht geben. Magier liebten es über alles, vor den Augen der

Nichtmagischen Unmögliches zu bewerkstelligen und sich dabei Göttern gleich zu fühlen. Ob das, was sie taten, einen Nutzen hatte, war zweitrangig. Hauptsache, es sah spektakulär aus. Und in Zeiten des Friedens war eine magisch befestigte Stadtmauer einfach nur eine Verschwendung von Energie.

„Fero war allerdings bei allen sehr beliebt. Er war damals einstimmig gewählt worden. Wer hätte ihn töten sollen?", dachte Myrra laut nach.

„Nun, es gab wohl doch jemanden, der etwas gegen ihn hatte", sprach Yadiel das Offensichtliche aus und erntete dafür böse Blicke.

„Ja", sagte Myrra nur, „und dummerweise ist es meine Aufgabe, herauszufinden wer. Und die einzige Spur, die ich habe, führte zu Hector."

Yadiel lachte leise. „Er war es aber sicher nicht."

„Warum sollte ich das glauben?" Lachte er etwa über sie? Sie blieb stehen und drehte sich zu ihm um und brachte damit auch ihn zum Halten.

„Weil er in der fraglichen Nacht von einer Diebin verführt, betäubt und ausgeraubt wurde. Er kam erst am folgenden Morgen auf einem Segelschiff vor der Küste ohne seine Kleider wieder zu sich und musste den ganzen Weg zurück in einem ihrer Ruderboote rudern. Das erzählt er natürlich niemandem freiwillig." Yadiel lachte während seiner Erzählung. „Er war an jenem Tag die Lachnummer am Hafen. Jeder dort wird die Geschichte bestätigen können."

Myrra biss sich auf die Unterlippe. „Aber es könnte immer noch sein, dass die Gewürzhändler jemand anderes für den Mord angeheuert haben."

„Das ist möglich, aber unwahrscheinlich." Yadiel setzte den Weg weiter fort, während er sprach und Myrra folgte ihm.

„Aber es wäre nicht nötig gewesen, denn Feros Bemühungen hatten keinen Einfluss auf die Geschäfte der Gewürzhändler. Auch nicht auf ihren Schmuggel", fuhr er im Gehen fort.

„Warum nicht?" Myrra war neugierig, wie die Schmuggler an Feros Zauber hätten vorbeikommen wollen.

Er warf ihr einen Blick von der Seite zu. „Weil sie die Ware nicht über die Mauer schmuggeln."

„Wie dann?"

„Das kann ich nun wirklich nicht preisgeben."

Myrra gab sich damit zufrieden. Der Schmuggel der Gewürzhändler war nicht ihr Problem, sie hatte sich um Feros Mörder zu kümmern. Diese eine Aufgabe war schwer genug.

Sie hatten das Gildehaus beinahe erreicht und schwiegen für den Rest des Weges, bis es still und friedlich vor ihnen lag. In nur wenigen Fenstern brannte Licht und es war niemand zu sehen. Vor dem Eingang blieben sie stehen.

„Es tut mir wirklich aufrichtig leid", sagte Myrra noch einmal.

„Nicht doch", antwortete er. „Aber du solltest darüber nachdenken, zu üben, damit das nächste Mal nicht wieder die ganze Gasse in Flammen steht."

Da hatte er nicht ganz unrecht, vielleicht sollte sie tatsächlich wieder mehr üben, auch wenn es innerhalb der Gilde als ungebührlich galt, wenn Magierinnen sich in Kampfzaubern übten. Er wandte sich ab und ging die Straße zurück, auf der sie gekommen waren. Sie blickte ihm nach, bis er um die Straßenecke verschwunden war und trat dann hinter die schützenden Steinmauern des Gildehauses.

KAPITEL 10

Als Myrra am nächsten Morgen erwachte, schien die Sonne schon durch das Fenster auf ihr Gesicht. Sie blinzelte in die Helligkeit und fuhr sich verschlafen mit den Handrücken über die Augen.

In dieser Nacht hatte sie kaum geschlafen. Als sie am Abend zurückgekommen war, war sie zwar sofort unter die vermeintlich schützende Bettdecke gekrochen, aber es hatte lange gedauert, bis sie endlich einschlafen konnte. Ständig hatte sie die beiden Männer vor sich gesehen, sobald sie die Augen schloss. Mindestens ein dutzend Mal war sie aufgestanden und hatte kontrolliert, ob sie die Tür ihres Zimmers verschlossen hatte. Und als sie dann endlich Schlaf gefunden hatte, war sie von wirren Träumen heimgesucht worden und ständig wieder hochgeschreckt.

Sie war noch immer völlig übermüdet und der Gedanke, das weiche Bett zu verlassen, ver- ursachte einen starken Widerwillen. Doch sie konnte nicht einfach liegenbleiben und sich von der Verantwortung, die sie übernommen hatte, drücken. Also schlug sie die Decke zurück und schwang die Beine über die Bettkante.

Ihr Blick fiel auf die Innenseite ihrer Hände, die von ihrem Sturz auf die Pflastersteine aufgeschürft waren. Bevor sie zu Bett gegangen war, hatte sie nicht mehr die nötige Konzentration aufbringen können, um sich selbst zu heilen.

Sie hielt die Hände vor das Gesicht und atmete mehrmals tief durch, wobei sie darauf achtete länger aus- als einzuatmen, genau wie sie es während ihrer Ausbildung gelernt hatte. Nach einigen Atemzügen merkte sie, wie sie ruhiger wurde und sich entspannte. Dann stimmte sie das Mantra an, das sie vor Jahren für ihre Heilzauber entworfen hatte. Ihr Geist leerte sich und sie war einzig auf die innere Kraft konzentriert, die ihre Magie speiste und die sie nun in die Hände lenkte, um das verletzte Gewebe zu erneuern.

Sie spürte ein Gefühl der Wärme auf der Haut ihrer Handflächen, beendete den Zauber und zwang sich, die Augen zu öffnen und sich wieder auf ihre Umgebung zu konzentrieren. Ihre Handflächen waren rosig, aber unversehrt.

Ihr hätte noch weit Schlimmeres zustoßen können, als nur ein paar Kratzer. Wenn sie daran dachte, wurde ihr eiskalt. Was noch alles hätte schiefgehen können, bei ihrer unüberlegten Reaktion.

Sie hätte viel eher reagieren müssen und nicht erst, nachdem die Angreifer sie so fest im Griff gehabt hatten.

Dann hätte sie vielleicht auch verhindern können, dass ihr Zauber so stark ausfiel und wäre nun nicht für den Tod zweier Menschen verantwortlich. Sie konnte ihre verbrannten Körper noch immer genau vor sich sehen.

Was hatte sie zögern lassen? Hatte es daran gelegen, dass sie nicht hatte glauben können, was da geschah? Oder dass ihr alles so unwirklich vorgekommen war?

Vielleicht war es Fero ähnlich ergangen und auch er hatte in keiner Weise erwartet, dass sein Mörder ihm etwas antun würde. Vielleicht, weil er demjenigen vertraut hatte. Oder, weil er gewusst hatte, dass kaum ein Funke Magie in ihm war und er deshalb davon überzeugt gewesen war, sein Besucher könne ihm nicht gefährlich werden und er sich deshalb zu sicher gefühlt hatte.

Myrra dachte an ihre Begegnung mit Falsus zurück. Wenn sie mit ihrer Vermutung richtig lag, hätte er vielleicht ein Motiv gehabt, Fero zu töten. Bei einer derart engen Zusammenarbeit hätte er das Fehlen seiner Fähigkeiten nicht verbergen können. Natürlich wäre das nur ein Problem gewesen, wenn Fero nicht schon vorher von seinem Unvermögen gewusst hatte. Alles Fragen, die sie klären musste. Aber wenn sie dieser Vermutung nachging, konnte sie sich nicht weiter zu den Gewürzhändlern umhören, wie es der Rat der obersten Magier von ihr erwartete.

Myrra wünschte sich, Meister Umbero wäre hier und sie könnte mit ihm über das weitere Vorgehen sprechen. Sie zögerte, weil sie fürchtete, die falsche Entscheidung zu treffen. So viel stand auf dem Spiel, sie war ganz allein und konnte nicht an verschiedenen Orten gleichzeitig sein. Um nicht wertvolle Zeit zu verlieren, musste sie ganz sicher sein, dass sie nichts übersah und die richtige Entscheidung traf. Die sie, so sehr sie sich auch Zeit zum Nachdenken wünschte, nicht weiter vor sich herschieben konnte.

Sie erhob sich endgültig aus dem Bett und machte sich entschlossen fertig für den Tag. Die Diener hatten ihr bereits ein leichtes Frühstück bereitgestellt. Nachdem sie fertig war, überlegte sie kurz, wo sie am leichtesten die meisten Informationen über Meister Fero und seine Lehrlinge erhalten würde. Sie beschloss, Meisterin Superbia im Armenspital einen Besuch abzustatten, schließlich war sie Feros Stellvertreterin gewesen und oft bei ihm ein und aus gegangen.

Myrra trat aus ihrem Zimmer auf den menschenleeren Korridor und machte sich auf den Weg die Treppe hinunter. Auch in der Eingangshalle konnte sie niemanden sehen und verließ eiligen Schrittes das Gildehaus. Neben der gepflasterten Zufahrt saß ein alter Gärtner auf dem Boden und grub Wurzelballen verblühter Blumen aus der Erde.

„Guten Morgen!", grüßte sie ihn.

Wenige Augenblicke später bereute sie, nicht grußlos an ihm vorbeigegangen zu sein, denn er schien nur darauf gewartet zu haben, dass jemand vorbeikam, der ihm zuhörte. Er hörte gar nicht mehr auf, auf Myrra einzureden. Angefangen beim Wetter bis hin zu seinen verblühten Blumen endete er auch bald bei Feros Tod. Myrra brachte es nicht über sich, ihn zu unterbrechen und einfach weiterzugehen. So erzählte er ihr, dass nun nach Feros Tod die Gilde für sein Anwesen verantwortlich war, was für ihn bedeutete, dass er sich um die riesigen Gärten dort kümmern musste.

„Wisst Ihr, noch vor eineinhalb Jahren waren es die schönsten Gärten der ganzen Stadt. Er hatte einen Lehrling, mit dem besonderen Talent für die Beeinflussung von Wetter und Pflanzen." Diese Worte ließen Myrra aufhorchen, die Beeinflussung des Wetters stellte eine unglaubliche Herausforderung dar.

„Mit der Gabe, das Wetter zu beeinflussen?"

„Ja doch! Das konnte sie. In den Jahren, die sie bei der Gilde war, hatten wir die ertragreichsten Ernten in der Stadt und dem Umland."

„Was ist mit ihr passiert?" Myrra konnte sich nicht erinnern, dass jemand diese Magierin seit ihrer Ankunft in Spero erwähnt hätte. Dabei wäre ein solches Talent durchaus erwähnenswert gewesen.

„Sie hat die Stadt verlassen", der Mann wollte schon weitersprechen, aber Myrra unterbrach ihn. „Warum?"

„Sie hatte wohl Probleme mit den anderen Magiern, vor allem einem ihrer Lehrlings-kollegen, der ihre Arbeit für die seine ausge-geben hat", raunte er ihr zu.

Myrra spürte sofort Sympathie für die Magierin. Nach dem Unglück mit dem Familien-anwesen hatte außer Frage gestanden, dass Myrra in die Gilde aufgenommen wurde. Auch ein Meister hatte sich schnell gefunden, ver-sprach ihr Feuerzauber doch ein gewisses Talent. Doch leider hatten die Bilder des brennenden Hauses ihr jede Selbstsicherheit im Umgang mit ihrer Magie genommen. Sie wusste nur zu genau, wie es war eine Enttäuschung für ihren

Meister zu sein und ein beliebtes Opfer für die Mitlehrlinge.

„Wer war dieser Kollege?"

„Das weiß ich nicht. Aber mir war immer klar, dass er log. Ich wusste, wer wirklich für die Pracht des Gartens verantwortlich war. Sieht man auch daran, dass es niemand mehr geschafft hat, Unwetter oder Trockenperioden aufzuhalten, seit sie fort ist." Er zuckte mit seinen knochigen Schultern.

Er sprach noch weiter davon, wie schön der Garten zu jener Zeit gewesen war, aber Myrra hörte ihm nicht mehr zu. Bei Fero und seinen Lehrlingen war wohl doch nicht alles so harmonisch gewesen, wie alle angenommen hatten. Hatte es Falsus schon einmal geschafft einen Magier loszuwerden, der ihm im Weg gestanden hatte?

Myrra verabschiedete sich von dem Gärtner und trat gedankenverloren auf die Straße. Sie hatte noch nicht ganz die nächste Straßenecke erreicht, da hörte sie eine Stimme, die sie ansprach. Überrascht wandte sie sich dem Sprecher zu. Es war der Magier, der in der Besprechung mit den Obersten Magiern neben Meisterin Superbia gesessen hatte. Unbemerkt war er dicht neben sie getreten. Irritiert grüßte sie ihn zurück, dann fragte er: „Wie gehen die Ermittlungen voran? Der Rat möchte über Eure Fortschritte täglich informiert werden."

„Ich war gerade auf dem Weg zu Meisterin Superbia im Spital."

„Ihr könnt auch gleich mir Bericht erstatten. Deshalb bin ich gekommen."

„Nun, es haben sich neue Spuren ergeben, aber viele Fragen sind noch offen", antwortete Myrra ihm ausweichend.

„Das ist gut. Das ist sehr gut. Feros Tod war ein harter Schlag für die Gilde. Die Aufklärung der Umstände wird uns sicher helfen, darüber hinwegzukommen." Er trat bei den Worten noch ein Stück näher an sie heran.

„Ich tue mein Bestes", versicherte ihm Myrra. „Am schwersten hat es sicher auch Feros Lehrlinge getroffen. Wisst Ihr, was mit ihnen geschehen wird? Wer wird ihre Ausbildung übernehmen?" Sie versuchte unauffällig, ein Stück von ihm abzurücken. Doch leider folgte er ihrer Bewegung.

„Sie werden ihre Studien bei anderen Meistern fortsetzen. Ich selbst werde auch einen Schüler aufnehmen. Falsus. Sicher habt Ihr ihn schon getroffen?" Mit diesen Worten warf er sich in die Brust.

„Ja, das habe ich. Das ist sehr freundlich von Euch, solch eine Verantwortung zu übernehmen. Sicher habt Ihr selbst auch Schüler, mit denen Ihr mehr als genug zu tun habt", schmeichelte sie ihm in der Hoffnung, dass er weitersprach.

„Nun, Falsus ist sicher einer von Feros vielversprechendsten Schülern, da ist das sicher einfacher", antwortete er und beugte sich zu ihr hinüber.

„Er hat schon jetzt während seiner Lehre viele Erfolge vorzuweisen. Außerdem wird er es dank seines überzeugenden Auftretens sicher einmal weit bringen in der Gilde."

„Gab es jemanden, der die Ausbildung bei Fero abgebrochen hat?", fragte sie direkt.

„Nun ja, das gab es tatsächlich."

„Ach ja? Wer war das und was waren die Gründe?", hakte sie nach und vergaß dabei beinahe, wie dicht er noch immer vor ihr stand.

„Also Anjou war den Ansprüchen in der Ausbildung wohl nicht gewachsen."

„Inwiefern?"

„Sie konnte von ihrer Begabung her nicht mit den anderen Lehrlingen mithalten. Vor allem ihr Kollege, der mit ihr seine Lehre anfing, war ihr um Längen voraus. Das ist Falsus gewesen, der, wie gesagt, wirklich sehr begabt ist. Sie entschloss sich dann, ihre Studien der Magie nicht weiter fortzuführen und hat sogar die Stadt verlassen. Vermutlich, weil ihre Familie nicht sehr glücklich war über ihre Entscheidung, die Gilde zu verlassen."

„Aber konnte sie nicht sogar das Wetter beeinflussen? Das ist schon sehr beeindruckend und in der Geschichte selten vorgekommen."

Meister Trevor zog überrascht die Augenbraue nach oben. „Sie hat mit Falsus an Studien über das Wetter gearbeitet, aber es war immer er, dem erfolgreiche Zauber gelangen."

Dann verabschiedete er sich von Myrra und setzte seinen Weg fort. So unangenehm die Begegnung auch gewesen war, Myrra hatte erfahren, dass Feros Tod für Falsus deutliche Vorteile hatte. Sie war sich nun sehr sicher, dass Falsus' herausragende magische Begabung erstunken und erlogen war, doch bevor sie ihn öffentlich des Betrugs beschuldigte, brauchte sie mehr Beweise. Sie musste herausfinden, ob Fero ihm auf die Schliche gekommen war. Und Falsus damit ein Motiv gehabt hatte, seinen eigenen Meister zu töten. Denn sobald er seine Ausbildung bei Meister Trevor, der von seinem

Talent mehr als überzeugt zu sein schien, beendet hätte, könnte er in der Gilde wie die Made im Speck leben und jede weitere Aufgabe mit der Begründung von sich weisen, dass seine eigenen Studien viel zu zeitaufwendig seien, als dass er sich um anderes kümmern konnte. Niemand würde das überprüfen. Bitterkeit breitete sich in ihr aus, wenn sie daran dachte, dass seine Kollegin Anjou all ihre Privilegien seinetwegen verloren hatte.

Zu gut erinnerte sie sich noch an das Gefühl, von Kollegen angeschwärzt zu werden und dann hilflos und allein vor den Meistern zu stehen. Alte, längst nicht abgekühlte Wut brodelte in ihr. Sie musste etwas tun. Sie konnte das nicht einfach so hinnehmen. Sie würde Falsus zur Rede stellen. Also machte sie sich auf den Weg zur Mauer.

Unterwegs gönnte sie sich noch ein Mittagessen in einer der Suppenküchen am Straßenrand. Dabei versuchte sie sich mental auf die Auseinandersetzung mit Falsus vorzubereiten. Sie musste zugeben, dass sie sich am liebsten darum gedrückt hätte. Aber sie hatte zu wenig in der Hand, um ihn beim Rat der oberen Magier zu diskreditieren und wusste nicht, wo sie sonst Beweise gegen ihn finden konnte.

Als sie den Teil der Stadtmauer erreichte, an dem sie ihn am vorigen Abend angetroffen hatte, konnte sie ihn nirgends sehen. Dennoch erklomm sie die Treppe zum Mauerkamm.

Oben angekommen trat sie auf eine der Wachen zu, die darauf patrouillierten, und fragte den Mann nach Falsus. Er konnte ihr zwar sagen, dass Falsus auch heute wieder an der Befestigung arbeiten wollte, aber nicht, wo genau er sich befand. Er rief seinen Kameraden herbei, dieser schickte sie dann in südlicher Richtung auf der Mauer entlang.

Myrra trödelte auf ihrem Weg, um die Begegnung vor sich herzuschieben. Doch nur wenig später konnte sie eine Gestalt in Magierroben vor sich auf dem Mauerkamm ausmachen. Wie schon am Tag zuvor stand Falsus mit geschlossenen Augen da und fuchtelte mit den Armen. Kurz hielt Myrra inne und konzentrierte sich mit allen Sinnen auf Magie in der näheren Umgebung. Nur um wirklich sicherzugehen. In einiger Entfernung, Richtung des Gildehauses, war ein leises Summen zu vernehmen, doch in Falsus Umgebung konnte sie wieder nichts ausmachen.

Sie atmete einmal tief durch und schritt dann entschlossen auf ihn zu. Dieses Mal wartete sie nicht erst, bis er auf sie aufmerksam wurde, sondern räusperte sich sofort laut. Falsus wandte sich ihr zu und verzog ärgerlich das Gesicht. Sein Ausdruck wurde noch finsterer, als er erkannte, wer vor ihm stand.

„Was wollt Ihr?"

„Ich möchte noch einmal mit Euch über Eure Arbeit sprechen", setzte sie an, wurde jedoch sofort wieder von ihm unterbrochen.

„Darüber haben wir doch schon gestern gesprochen. Was gibt es da noch zu sagen?" In jedem der Worte ließ er seine Verärgerung deutlich werden. Myrra ließ sich jedoch nicht abwimmeln.

„Wie ich gestern schon festgestellt habe, ist diese Mauer ohne Magie. Und das nicht, weil der Zauber nicht bemerkt werden soll, sondern, weil Eure Begabung nicht für diese Aufgabe ausreicht." Myrra warf ihm die Anschuldigungen entschlossen ins Gesicht.

„Was redet Ihr da? Wie könnt Ihr es wagen, mich derart zu beleidigen?", keifte er zurück.

Sein Gesicht spiegelte so viel Empörung und Verletztheit wider, dass Myrra zu zweifeln begann. Tat sie ihm vielleicht doch unrecht?

Schon wollten ihr Entschuldigungen über die Lippen kommen. Doch sie riss sich zusammen. An dieser Mauer gab es, anders als an Feros Gartenmauer, die mit dem gleichen Zauber versehen gewesen war, keine Magie.

„Ist Euch Fero auf die Schliche gekommen? Musste er deshalb sterben, weil er herausgefunden hat, dass Ihr keine Begabung habt und er Euch aus der Gilde schmeißen wollte?"

„Was für eine Verleumdung! Fero hat mich ausgewählt, weil er wusste, wie gut meine Arbeit ist", verteidigte sich Falsus.

„Eure Arbeit oder die von Anjou?", fragte Myrra spitz. Ein kurzes Zucken in seinem Gesicht sagte ihr, dass sie ins Schwarze getroffen hatte.

„Ihr habt Ihre Arbeit für Euch ausgegeben und dafür gesorgt, dass sie verschwindet! Und nun war Fero an der Reihe", setzte sie gleich nach.

„Das ist nicht wahr!" Falsus schnappte empört nach Luft. „Warum greift Ihr mich so an? Was habe ich Euch getan? Findet Ihr es richtig, Euer Unvermögen, dem Täter auf die Spur zu kommen, damit kaschieren zu wollen, einen Mitmagier derart zu verleumden?"

„Was Ihr getan habt? Ihr habt betrogen und Euch Eure Position in der Gilde erschlichen! Nicht ich bin es, die Unvermögen kaschieren muss!" Nun war es an Myrra, empört zu sein. Sie fragte sich, wie es kam, dass sie sich plötzlich rechtfertigen musste. Er war es doch, der so dreist log.

„Ihr habt keine Beweise, dass ich Anjous Arbeit gestohlen hätte und ich habe Fero bestimmt nicht getötet!", schnappte Falsus.

„Ich habe außerdem Wichtigeres zu tun, als mir haltlose Anschuldigungen anzuhören." Mit diesen Worten schob er Myrra einfach zur Seite und stürmte mit wehender Robe die Stufen zur Straße hinab.

Myrra blieb auf der Mauer zurück und blickte ihm nach. Mit einem konnte sie sicher sein, sie hatte sich gerade einen Feind gemacht.

KAPITEL 11

„Ob das klug war?", hörte Myrra jemanden in ihrem Rücken fragen. Sie drehte sich erschrocken um und blickte in das runzlige, aber freundliche Gesicht eines alten Wachmanns. Er lehnte unweit der Stelle, an der sie mit Falsus gestritten hatte entspannt auf seiner Hellebarde und blickte ihr ins Gesicht. Mit Sicherheit hatte er jedes Wort von ihrer Auseinandersetzung mitbekommen.

„Wahrscheinlich nicht", stimmte sie ihm zu. „Aber daran lässt sich jetzt nichts mehr ändern." Dann nickte sie ihm grüßend zu, wandte sich ab und stieg langsam die enge Treppe hinunter.

Unten angekommen, stand sie unschlüssig am Straßenrand und blickte nachdenklich auf die vorbeieilenden Passanten. Was sollte sie jetzt tun? Falsus hatte recht damit, wenn er sagte, dass sie keine Beweise gegen ihn hatte. Und diese Tatsache musste sie schnellstens ändern, bevor Falsus eine Möglichkeit fand, auch ihr gefährlich zu werden oder sie gar auf dieselbe Art aus dem

Weg räumte wie Meister Fero. Der Wachmann hatte recht, es war nicht klug gewesen Falsus zu konfrontieren. Wäre Meister Umbero hier gewesen, hätte er sicher den Kopf geschüttelt über Myrras übereiltes Vorgehen. Oder hätte sie von vorneherein davon abgehalten, weil er im Gegensatz zu ihr genau gewusst hätte, was zu tun war.

Sie gab sich einen Ruck und eilte durch die spätnachmittäglichen Straßen in Richtung Gildehaus. Drei Querstraßen weiter, fragte sie sich, ob Falsus mit Absicht das Stück der Mauer ausgesucht hatte, das am weitesten vom Gildehaus entfernt war. So musste sie beinahe durch die gesamte Stadt laufen. Immerhin gab ihr das genügend Zeit, um über das Geschehene nachzudenken und ihre Wut abzukühlen. Nach einer Weile hatte sie sich soweit beruhigt, dass sie ihre Umgebung wieder wahrnahm, dabei registrierte sie, dass sie ganz in der Nähe von Hectors Gasthof war.

Sie fühlte sich noch immer schuldig, wenn sie an den vorigen Abend dachte. Sie hätte Yadiel leicht töten können. Kurz entschlossen ging sie auf den Gasthof zu. Sie verlangsamte ihre Schritte, als sie näherkam, und spähte auf den leeren Hof zwischen den Gebäuden. Von der Straße aus konnte sie niemanden sehen, also trat sie auf den Hof. Ihr Blick fiel durch das weit geöffnete Tor der Schmiede und sie konnte Yadiel an der Esse stehen sehen. Konzentriert war er dabei, die Eisenrohlinge in der Glut zu erhitzen.

Myrra blieb vor der Schwelle des Tores stehen und beobachtete fasziniert den sich wiederholenden Arbeitsablauf. Ohne es zu bemerken, trat sie noch näher an das Tor heran, den Blick fest auf die Glut gerichtet und wie von ihr angezogen. Selbst unter dem Tor, in einigen Schritten Entfernung, konnte sie die Wärme, die die glühenden Kohlen abgaben, auf der Haut spüren.

Obwohl sich Myrra sicher war, kein Geräusch gemacht zu haben, blickte Yadiel von seiner Arbeit auf. Überraschung zeichnete sich auf seinem Gesicht ab und er ließ die Zange mit dem glühenden Eisen sinken. Sich seiner Aufmerksamkeit mehr als bewusst, strich sie sich unsicher über die Robe und trat näher. Um sich unauffällig davonzuschleichen, war es ohnehin viel zu spät.

Sie räusperte sich verlegen und begrüßte ihn dann zögerlich. Er antwortete, blickte sie aber weiter unverwandt und fragend an, während sie die Schmiede durchquerte. Sie stand nun direkt vor ihm.

„Ich bin zufällig an der Schmiede vorbeigekommen und sah das Tor offenstehen", erklärte sie ihr unangekündigtes Eindringen. „Ich wollte mich noch einmal für gestern Abend entschuldigen", fügte sie dann hinzu und blickte betreten zu Boden.

„Ist nicht das erste Mal, dass ich mich verbrannt habe. Das bringt die Arbeit mit sich", winkte er ab.

„Trotzdem tut es mir leid. Es hätte nicht passieren dürfen. Derartig schwierige Zauber sollte ich nicht wirken. Es hätte noch schlimmer kommen können."

„Für mich sah es sehr wirkungsvoll aus. Und Ihr konntet nicht wissen, dass ich in die Gasse laufen würde."

Nicht ganz überzeugt nickte sie. „Ich würde es dennoch gerne wiedergutmachen."

„Das ist nicht nötig. Aber wenn Ihr darauf besteht, dann trinkt ein Bier mit mir. Ich wollte ohnehin gerade eine Pause machen."

Myrra lachte und folgte seiner einladenden Geste zu einem Tisch in der hinteren Ecke der Schmiede.

„Seid Ihr schon mit der Suche nach Feros Mörder weitergekommen?", fragte er, während er Becher und Tonflaschen auf den Tisch stellte.

„Nein, leider nicht so richtig. Ich habe einen Verdacht, aber keinerlei Beweise", antwortete sie und ließ sich auf die einfache Holzbank sinken.

„Und gegen wen richtet sich Euer Verdacht?" Myrra zögerte. „Einen anderen Magier", antwortete sie dann ausweichend.

Yadiel zog überrascht die Augenbrauen nach oben. „Ich dachte, Fero wäre ohne Magie getötet worden? Hieltet Ihr es gestern deshalb nicht noch für unmöglich, dass ein Magier verantwortlich sein könnte?", hakte er nach.

„Schon, aber ich dachte mir, dass vielleicht gerade der Verzicht auf Magie zum Erfolg geführt hat, weil er niemals damit gerechnet hätte."

Ihre Finger spielten nervös mit dem tönernen Rand des Bechers vor ihr auf dem Tisch. Sie blickte in Yadiels Augen, der nicht ein einziges Mal den Blick von ihr abwandte. Bisher war ihr gar nicht aufgefallen, wie unglaublich grün seine Augen waren. Nun konnte sie ihren Blick nicht von ihnen lösen. Wärme breitete sich in ihrem Körper aus, die absolut nichts mit der Glut in der Esse zu tun hatte. In der Schmiede war nichts weiter als das Knistern des Feuers zu hören. Yadiel ließ seinen Becher stehen und griff nach ihrer Hand.

KAPITEL 12

Als Myrra erwachte, war die Nacht schon weit fortgeschritten. Sie drehte sich um, neben ihr lag Yadiel und schlief. Vorsichtig, um ihn nicht zu wecken, stand sie auf. Barfüßig und die Decke um sich geschlungen, tappte sie in die Schmiede zurück.

Der Raum war noch immer warm, auch wenn die Glut in der Esse erloschen war. Sie trat näher an den riesigen Rauchfang heran und grub die Hand in die warme Asche. Ein Prickeln lief über ihre Haut den Arm hinauf. Sie zog die Hand zurück und blickte auf ihre mit Asche bedeckte Haut. Zum Glühen erweckte Ascheflocken fielen in die Esse zurück. Sie streckte ihre Hand wieder nach der Esse aus und konzentrierte sich auf das Prickeln. Funken stoben aus der grauen Asche auf.

„Vielleicht solltest du vorher Kohlen nach-legen", hörte sie eine Stimme hinter sich.

Yadiel stand unter der Tür. Nur mit einer Hose bekleidet und ebenfalls barfuß trat er neben

sie an die Esse. Er bückte sich nach dem Kohle-
sack und schaufelte einige davon in die Esse,
dann blickte er sie auffordernd an.

Myrra zögerte. Feuerzauber waren gefährlich,
das Risiko, sich dabei selbst in Brand zu setzen,
bestand. Sie blickte Yadiel an und fasste Mut,
dann probierte sie es erneut und dieses Mal
sprangen die Funken auf die Kohlen über.

„Das ist aber noch nicht heiß genug", sagte
Yadiel. „Damit bekommst du kein Eisen zum
Glühen."

Myrra konzentrierte sich auf die Kohlen und
schickte ihre Kraft in die Esse. Ein Fauchen drang
aus der Glut und die Flammen züngelten weiter
empor.

„Noch ein bisschen mehr", hörte sie, immer
noch der Esse zugewandt, Yadiels Stimme.

Sie blickte in das flackernde Feuer und
schickte noch etwas mehr von ihrer Kraft hinein.
Daraufhin brannte es höher und färbte sich blau.

Yadiel brachte einen kleinen Klumpen Eisen
und warf ihn in die Esse. Gemeinsam
beobachteten sie, wie er langsam anfing zu
glühen. Yadiel griff nach der Zange, um das
Eisen aus dem Feuer zu nehmen. Er wollte es auf
den Amboss legen, um es zu bearbeiten, aber
Myrra hielt ihn zurück. Sie hielt die Zange mit
dem glühenden Eisen in einigem Abstand vor ihr
Gesicht und betrachtete den orangenen
Klumpen.

„Was soll daraus werden?", fragte sie.

„Der zweite Teil von einem Paar Tür-
scharniere", antwortete Yadiel und hob das erste,
schon fertiggestellte Scharnier, hoch. Myrra trat
näher und schaute sich das metallene Stück
genau an. Dann konzentrierte sie sich auf die

glühende Masse, die sie mit der Zange in der Hand hielt. Nie zuvor hatte sie etwas derart Kompliziertes und Gefährliches mit ihrer Magie versucht.

Sie streckte ihren Geist aus und erspürte mit ihren magischen Sinnen das glühende Metall. Das Gefühl von Hitze, das sich in ihrem Geist ausbreitete, überwältigte sie. Vorsichtig begann sie dem weichen Metall ihren Willen aufzuzwingen und seine Form nach ihren Wünschen zu gestalten. Während sie arbeitete, hielt sie die Augen geschlossen. Als sie sie wieder aufschlug, blickte sie auf eine perfekte Kopie des Scharniers, das Yadiel ihr gezeigt hatte. Nur dass das Stück, welches sie in der Zange hielt, noch immer dunkelrot glühte. Sie blickte zu Yadiel, der sie noch immer gebannt und mit offenem Mund anstarrte. Auffordernd streckte sie ihm die Zange mit dem fast fertigen Scharnier entgegen. Er brauchte einige Augenblicke, um zu reagieren, dann griff er nach der Zange und schob das Eisenteil wieder in die Glut.

„Das … war unglaublich", sagte er beeindruckt.

„Es war überraschend einfach." Myrra legte nachdenklich den Kopf schräg. „Was kommt nun?"

„Es muss gehärtet werden."

„Wie?"

„Es wird wieder erwärmt und dann abrupt abgekühlt", erklärte er.

Vorsichtig wendete er das Scharnier in der Glut, damit es sich gleichmäßig erwärmte.

Schweigend beobachtete Myrra, wie er anschließend das Scharnier mit der Zange packte und in einen Eimer mit Wasser neben der Esse fallenließ. Lautes Zischen erklang und eine dichte Wolke aus Dampf stieg aus dem Eimer auf.

Als der Dampf sich lichtete, beugte Yadiel sich nach vorn und zog das Scharnier mit der Zange aus dem Wasser. Myrra griff danach und drehte das noch immer warme Metall in den Händen. Es fühlte sich gut an, etwas Nützliches mit ihrer Gabe geschaffen zu haben.

Sie reichte das Stück an Yadiel weiter, der es in die Hand nahm. „Schaffst du auch etwas Filigraneres?"

Myrra zog die Stirn in Falten. „Filigraneres?"

Yadiel holte eine Schatulle von einem Bord an der Rückwand der Schmiede. Er öffnete sie, zog eine silberne Kette hervor und überreichte sie Myrra. Sie ließ die feine Kette durch die Finger gleiten und betrachtete dann eingehend den kleinen Anhänger. Er war zerbrochen. Mit den Fingerspitzen strich sie über die mit winzigen Kristallen besetzten Überreste einer kleinen Frauenfigur. Es war eine sehr detailreiche Darstellung von Omnipa. Myrras Mutter hatte eine ähnliche Kette besessen. Auch Myrra selbst hatte vor ihrer Zeit in der Gilde ein Abbild Omnipas um den Hals getragen. Doch in der Gilde wurde derartiger Aberglaube nicht gern gesehen.

„Eine Nachbarin hat mich gebeten sie zu reparieren. Es ist ein Familienerbstück, sie hängt sehr daran und sie kann sich die Preise der Schmuckschmiede nicht leisten", erklärte ihr Yadiel.

Myrra strich weiter mit dem Daumen über die Einlegearbeiten.

„Bisher bin ich nicht dazu gekommen, mich darum zu kümmern. Derart feine Arbeiten sind auch nicht mein Gebiet", fuhr Yadiel fort. „Kannst du es versuchen? Es wäre nur passend, wenn eine Magierin das Abbild Omnipas wiederherstellt."

Myrra zögerte. Es war ein einmaliges Stück, das seiner Besitzerin Yadiels Erzählung nach sehr am Herzen lag, sie wollte nicht dafür verantwortlich sein, wenn es unwiederbringlich zerstört war.

„Ich weiß nicht. Was, wenn ich es nur noch schlimmer mache?"

„Er ist doch schon kaputt. Und ich werde es bestimmt nicht in nächster Zeit schaffen. Das Ergebnis würde sicher nicht dem ursprünglichen Zustand entsprechen."

„Wie hat es ursprünglich ausgesehen?"

Yadiel beschrieb ihr die ursprüngliche Form des Anhängers mit den kristallenen Einlegearbeiten. Sie fragte so lange nach den Details, bis sie sich sicher war, ein genaues Bild im Kopf zu haben.

Yadiel wollte die Glut weiter anfachen, doch Myrra schüttelte den Kopf. Sie griff mit ihrer Gabe in das Feuer und heizte es solange an, bis sie das Gefühl hatte, die richtige Temperatur erreicht zu haben. Behutsam löste sie den Anhänger von der Kette und ließ ihn in die Glut fallen. Sie konzentrierte alle Sinne auf das kleine Stück Metall und die eingelegten Kristalle. Sie erspürte, wie sich das Material erhitzte und weich wurde und sich die kleinen Steinchen lösten. Einzig mit ihrer Magie hob sie die Teile aus dem Feuer und zwang dem Material ihren Willen auf, bis es die gewünschte Form angenommen hatte. Um auch die kleinen Kristallsteine wieder einsetzen zu können, senkte sie das

Schmuckstück noch einmal in das Feuer, bis es wieder weich genug war. Da einige Kristalle fehlten, nutzte sie ihre Magie und etwas Sand aus dem Sandbad neben der Esse und formte neue. Dann fügte sie die Steine in das weiche Material der kleinen Frauensilhouette ein. Zuletzt formte sie eine kleine Öse auf dem Kopf der Figur. Sie legte das Schmuckstück zum Abkühlen auf den leeren Amboss.

Sie trat zurück und holte tief Luft, dabei musste sie nach der Arbeitsplatte hinter ihr greifen, um nicht das Gleichgewicht zu verlieren. Tiefe Müdigkeit ergriff sie. Das hohe Maß an Konzentration, das nötig gewesen war, forderte seinen Tribut. Sie blickte auf ihr Werk und war selbst überrascht, wie grazil und lebensecht die kleine Göttin wirkte.

„Wunderschön", hauchte Yadiel beim Anblick des fertigen Gebildes.

„Aber ist es noch derselbe Anhänger?", fragte Myrra angespannt.

„Es ist perfekt. Ich habe die Kette schon oft gesehen, bevor sie zerbrach. Doch noch nie in einem derart vollkommenen Zustand."

Beruhigt nickte Myrra. „Ich hoffe, auch seiner Besitzerin gefällt sie so." Sie konnte ein Gähnen nicht mehr unterdrücken.

„Bestimmt", beruhigte er sie. „Sie wird morgen vorbeikommen. Dann kannst du ihr die Kette selbst zurückgeben und ihren Dank entgegennehmen."

Dann schob er sie zum Bett zurück, damit sie sich ausruhen konnte.

KAPITEL 13

Am nächsten Vormittag spannte sich ein strahlend blauer und wolkenloser Himmel über die Stadt, als Myrra sich auf den Weg zum Armenspital machte, um mit Superbia über das weitere Vorgehen zu sprechen. Das anhaltend schöne Wetter passte heute Morgen gut zu ihrer Stimmung.

Ihr Erfolg beim Schmieden, der Gedanke an die wunderschöne Kette, die sie in der vergangenen Nacht repariert hatte und vor allem der Besuch der Nachbarin am Morgen sorgten dafür, dass sie beschwingt ausschritt. Die Frau war ihr mit Tränen in den Augen um den Hals gefallen, als sie das reparierte Abbild der Göttin gesehen hatte. Immer wieder hatte sie wortreich ihren Dank bekundet und die Kette an die Brust gedrückt. Zum ersten Mal seit langer Zeit hatte Myrra wieder das Gefühl, nicht völlig nutzlos und kaum mehr als ein dekoratives Möbelstück zu sein.

Voller Tatendrang hatte sie sich deshalb an diesem Morgen gleich als erstes auf den Weg zum Armenspital gemacht. Sie würde alles daransetzen, Falsus zu überführen und endlich den Mord an Meister Fero aufzuklären.

Sie schlenderte die Straße entlang und beobachtete die wenigen Passanten, die um diese Zeit schon unterwegs waren. Dabei bemerkte sie, wie sie wildfremde Menschen, die ihr entgegen kamen, anlächelte. Die Leute mussten sie für verrückt halten, doch bei dem Gedanken an die vergangene Nacht, konnte sie nicht anders.

Im Armenspital herrschte um diese frühe Tageszeit wenig Betrieb. Myrra fragte in der Eingangshalle nach Meisterin Superbia und wurde zur Apotheke geschickt. Nachdem sie eine kurze Wegbeschreibung erhalten hatte, erklomm sie die Stufen zum oberen Stockwerk und steuerte die genannte Tür an. Sie klopfte kurz an und trat vorsichtig ein.

Sie fand Meisterin Superbia dabei vor, wie sie verschieden farbige Pulver und duftende Kräuter für Tränke abmaß. Konzentriert wie sie dabei war, bemerkte sie Myrras Eintreten zuerst nicht. Vorsichtig räusperte sie sich und Meisterin Superbia fuhr erschrocken zusammen.

„Magierin Myrra", sagte sie erstaunt, als sie Myrra erkannte. „Wie schön Euch zu sehen. Wie gehen die Ermittlungen voran?"

„Ich denke, ich bin einen entscheidenden Schritt weitergekommen. Deshalb suche ich Euch auf", antwortete Myrra.

Zurückhaltung zeichnete sich auf Superbias Gesicht ab, als sie das hörte. Myrra beeilte sich deshalb, ihr zu versichern, dass sie der Gewürzhändlerspur nachgegangen war, wie es der Rat der obersten Magier verlangt hatte, dabei aber nichts herausgekommen war. Dennoch zog Superbia die Augenbrauen über ihrem schmalen Gesicht nach oben. Als Myrra nun erwähnte, dass sie stattdessen einen anderen Magier verdächtigte, schnalzte sie mit der Zunge.

„Meister Feros Schüler Falsus verfügt über kaum magisches Potential. Er wäre in keiner Weise in der Lage gewesen, bei einem derart großen Vorhaben, wie Meister Fero es für die Stadtmauer geplant hatte, mitzuhelfen. Er wäre unweigerlich aufgeflogen. Vielleicht ist ihm Fero in den letzten Tagen auf die Schliche gekommen", sagte Myrra hastig und beendete damit atemlos ihren Bericht.

Superbia schaute sehr nachdenklich, aber deutlich weniger ablehnend drein und kaute auf ihrer Unterlippe.

„Aber er hat doch bisher alle Prüfungen mit Bravour bestanden und sich stets hervorgetan", zweifelte sie mit gerunzelter Stirn.

Myrra schüttelte entschieden den Kopf. „Er hat die Arbeiten einer Kollegin für die Seinen ausgegeben." Sie blickte Superbia erwartungsvoll an.

„Erinnert Ihr Euch vielleicht an sie? Ihr Name ist Anjou. Sie hat vor wenigen Jahren die Stadt verlassen."

„Anjou? Nein, ich erinnere mich kaum." Superbia blickte abwesend zum Fenster hinaus.

„Ihr wisst auch nicht, wo sie hingegangen sein könnte?", hakte Myrra weiter nach.

„Nein, leider nicht." Meisterin Superbia schüttelte den Kopf.

Beide schwiegen kurz und dachten nach.

„Ihr glaubt also Meister Fero ist Falsus auf die Schliche gekommen und der hat ihn deshalb getötet?", fasste Meisterin Superbia Myrras Ergebnisse zusammen.

„Ja."

„Nun, Eure Vermutung klingt durchaus stimmig."

„Aber ich habe bisher keine Beweise."

„Es wird schwierig werden ihm etwas nachzuweisen. Seinen Betrug wird man ihm eher nachweisen können, als den Mord an seinem Meister. Sobald Ihr dafür Beweise habt, werden die obersten Magier über ihn zu Gericht sitzen", erklärte ihr Meisterin Superbia. Die steilen Falten zwischen ihren Augenbrauen waren verschwunden und sie lächelte leicht. Sie trat näher an Myrra heran und legte eine Hand auf ihre Schulter.

„Das habt Ihr sehr gut gemacht. Meister Umbero kann sehr stolz auf Euch sein."

Unwillkürlich richtete Myrra sich auf bei Superbias Worten, die wie Balsam für ihre Seele waren. Sie konnte sich nicht erinnern, wann sie das letzte Mal ein Lob von einer solch bedeutenden Person erhalten hatte.

„Ihr könnt Euch meiner Unterstützung gegen Falsus sicher sein", versicherte ihr Superbia.

„Habt Ihr auch eine Idee, wo ich Beweise gegen Falsus finden könnte? Und wo ich herausfinden kann, wohin Anjou gegangen ist?"

Sie war erleichtert, eine der obersten Magier auf ihrer Seite zu haben. Sie hatte nicht geglaubt, dass sie sich so schnell von dem Verdacht gegen die Gewürzhändler abbringen lassen würden. Gut, dass Myrra heute mit Meisterin Superbia gesprochen hatte. Von allen Ratsmitgliedern schien sie ehrlich daran interessiert zu sein diese Sache aufzuklären.

„Im Archiv der Gilde. Dort ist jeder Schüler verzeichnet und aus welcher Familie er stammt. Anjous Familie müsste wissen, wohin sie gegangen ist. Darüber hinaus müsste es dort auch Aufzeichnungen geben, welche Arbeiten und Prüfungen von den einzelnen Schülern absolviert wurden und womit sie sich besonders ausgezeichnet haben. Die Aufzeichnungen sind für alle Gildemitglieder frei zugänglich, niemand braucht eine Erlaubnis, um sie sich anzusehen."

Zuversicht durchströmte Myrra. „Dann werde ich dort nach Beweisen gegen Falsus suchen", versicherte sie.

Superbia nickte und wandte sich wieder ihren Kräutern zu. Myrra war entlassen. Doch sie zögerte zu gehen. Es gab noch etwas, dass sie jemandem erzählen musste.

„Meisterin Superbia?" Ihre Zunge weigerte sich die nächsten Worte zu formen. „Vorgestern Abend gab es einen Zwischenfall."

„Ja?"

„Ich wurde von Dieben angegriffen. Ich habe mich verteidigt und dabei zwei Männer getötet." Aufsteigende Übelkeit erfasste sie und sie musste sich an der Platte von Superbias Werkbänken festhalten. Es auszusprechen machte die schreckliche Tatsache, die sie bisher so gut hatte verdrängen können, erschreckend wirklich.

„Und?"

„Sicher hat die Stadtwache den Leichenfund schon der Gilde gemeldet? Schließlich war der Einsatz von Magie offensichtlich."

„Wenn dem so sein sollte, habe ich nichts davon gehört. Es spielt auch keine Rolle. Es waren Verbrecher. Niemand macht Euch deswegen einen Vorwurf."

Sie sah Myrra abwartend an und fragte: „Ist sonst noch etwas?"

Myrra verneinte und wandte sich zum Gehen. Sie hatte zwei Menschen getötet. Das war doch keine Lappalie. Aber außer ihr schien das niemand so zu sehen. Auf dem Flur vor der Apotheke hielt sie an und lehnte sich an die Wand.

Sie konnte das, was geschehen war, nicht mehr ändern. Aber sie konnte ihre Aufgabe erfüllen und den Mord an Fero aufklären. Sie würde sich sofort auf die Suche nach Beweisen machen.

KAPITEL 14

Myrra trat aus dem Portal des Spitals nach draußen. Von den Stufen der Eingangstreppe schaute sie auf die Menschen auf der Straße hinab. Ihrem Tagesgeschäft nachgehend sahen sie so aus, als wüssten sie alle genau, was zu tun war. Myrra beneidete sie fast.

Sie schüttelte über sich selbst den Kopf und ging die Stufen hinunter. Kaum auf der Straße angekommen, steuerte ein Bote über den Platz auf sie zu.

„Magierin Myrra?", sprach er sie an, als er sie erreicht hatte.

„Ja?"

„Der königliche Beamte Adeodatus schickt nach Euch", sagte er mit einer leichten Verbeugung.

„Warum?" Die Frage entschlüpfte ihr, bevor sie sie aufhalten konnte.

„Das hat er mir nicht mitgeteilt. Aber er erwartet Euch. Wenn Ihr mir bitte folgen wollt?" Er wartete die Antwort nicht einmal ab, sondern wandte sich sofort ab und marschierte zielstrebig los. Kurz fragte sich Myrra, was er wohl tun würde, wenn sie einfach in die andere Richtung davongehen würde. Doch sie wagte es nicht. Unsichtbare Fäden zogen sie hinter dem Boten her.

Was konnte er von ihr wollen? Sicher, sie war mit der Aufklärung von Feros Mord beauftragt, doch sicher hielten die obersten Magier den königlichen Beamten minutiös auf dem Laufenden über ihre Fortschritte. Zumindest über die Teile der Ermittlung, die von ihnen für die Ohren des Königs freigegeben worden waren. Er brauchte sie also nicht persönlich zu fragen. Das konnte nichts Gutes bedeuten.

Am anderen Ende des Platzes wartete eine Kutsche auf sie und den Boten. Widerwillig folgte sie der Aufforderung des Boten und stieg ein. Anstatt ihr zu folgen, gesellte er sich zu dem Fahrer auf den Kutschbock.

Allein in der Kutsche blickte sie aus dem Fenster. Der Kutscher fuhr rücksichtslos durch die belebten Straßen und sie ließen das Handwerkerviertel schnell hinter sich. Breitere Straßen und hohe Gartenmauern statt niedriger Fassaden erwarteten sie weiter oben auf den Hügeln.

Die Kutsche stoppte und schon wurde die Tür für sie geöffnet. Der Bote stand am Fuße des kleinen Trittbretts und streckte ihr eine Hand entgegen, die sie ignorierte. Sie standen in der Auffahrt eines prächtigen Hauses. Über dem Torbogen prangte neben einem Myrra unbekannten Familienwappen auch das Siegel der Gewürzhändler. Es hätte der Gilde gut gestanden, dem Beamten Quartier im Gildehaus anzubieten. Vielleicht hatte sie das und er hatte abgelehnt.

Man führte sie in das Haus, durch eine von einem riesigen Kristalllüster dominierte Eingangshalle und in einen angrenzenden Salon. Sie erkannte den Beamten Adeodatus sofort wieder. Er hatte der Tür den Rücken gekehrt und blickte aus dem Fenster, in der Hand ein Kristallglas mit dunklem Rotwein.

„Die Magierin Myrra", kündigte sie der Bote in ihrem Rücken an.

Adeodatus wandte sich ihr zu und stellte das Glas zur Seite.

„Möge Omnipa Euch gewogen sein", grüßte er sie.

„Und Euch", antwortete sie wie von selbst.

„Habt Ihr schon herausgefunden, was mit Fero geschehen ist? Habt Ihr eine Ahnung, wer verantwortlich sein könnte?" Er sah sie scharf an. „Abgesehen von den Gewürzhändlern", fügte er nach kurzer Pause hinzu.

Myrra blieb stocksteif stehen und wagte kaum zu atmen. Was würde ein falsches Wort von ihr für Konsequenzen haben?

„Nein. Es gibt noch keine eindeutigen Hinweise." Da sie die Auswirkungen nicht abschätzen konnte, wollte sie nicht zu viel verraten.

„Der König wünscht eine lückenlose Aufklärung des Vorfalls. Er war ein großer Befürworter Feros. Ich selbst habe vor seinem Tod noch mit ihm gesprochen. Seine Pläne für die Gilde waren sehr zufriedenstellend."

Myrra musste zugeben, er war ein Meister der Kunstpause. Sie konnte sich nur mit Mühe davon abhalten, nervös die Hände zu kneten.

„Das macht seinen Tod noch bedauerlicher. Es wird sehr schwierig werden einen geeigneten Nachfolger zu finden. Die verbliebenen Ratsmitglieder scheinen der Situation nicht ganz gewachsen zu sein. Wollt Ihr mir nicht zustimmen?"

Myrra brach in Schweiß aus. Gleichzeitig wurde ihr eisig kalt.

„Das zu beurteilen, ist nicht meine Aufgabe. Niemals würde ich mir das anmaßen", sagte sie ausweichend.

Nur ein winziges Zusammenkneifen seines linken Auges verriet, was er von ihrer Antwort hielt. Sofort hatte er sich wieder im Griff.

„Aber sicher müsst Ihr doch einen Eindruck haben. Die Ratsmitglieder sind doch sehr rückständig. Mit Fero kam neuer Schwung in die Gilde und nach wie vor ist der König bereit, junge Magier zu unterstützen, die die Gilde voranbringen."

Myrra wollte sich abwenden und dem bohrenden Blick seiner Augen ausweichen. Doch sie zwang sich, ihn weiter anzusehen, wegzusehen wäre einem Rückzug gleichgekommen.

„Der König kann sehr großzügig sein, wenn man seine Interessen teilt", sprach Adeodatus weiter. Und was, wenn nicht? Er sagte es nicht, aber es geisterte sofort durch Myrras Kopf.

„In die Entscheidung über Meister Feros Nachfolge werde ich nicht miteinbezogen werden", gab sie zu bedenken.

„Aber sicher könnt Ihr mir sofort Bericht erstatten, solltet Ihr zu neuen Erkenntnissen kommen."

Myrras Kopf nickte fast ohne ihr Zutun. „Natürlich."

„Dann möchte ich Euch nicht weiter von Eurer Aufgabe abhalten." Sie war entlassen und ihre Beherrschung reichte kaum aus, um nicht sofort aus dem Raum zu rennen. Eiligen Schrittes durchquerte sie die Eingangshalle. Als sie die Auffahrt verließ und die Straße erreichte, stellte sie fest, dass die Kutsche verschwunden war.

Man erwartete offensichtlich, dass sie sich zu Fuß auf den Weg machte. Aber der Weg zum Gildehaus war nicht weit. Mit Sicherheit nicht lang genug, um sich nach dieser Begegnung wieder zu beruhigen.

KAPITEL 15

Das Archiv der Magiergilde befand sich in den mehrstöckigen Kellergewölben unter dem Gildehaus. Es beherbergte das gesamte Wissen der Gilde und auch die Aufzeichnungen, die bis in die Zeit der Gründung zurückreichten. Nur wenige Schüler der Magie hielten sich in der Regel dort auf und wälzten in den verstaubten Bänden und Pergamentrollen, um hinter die Kniffe lang verstorbener Meister zu kommen.

Myrra schritt die aus Stein gemauerte Wendeltreppe in das Gewölbe hinab. Um auf den dunklen Stufen etwas erkennen zu können, hatte sie in der Eingangshalle eine Kerze aus den Halterungen an den Wänden genommen und mit ihrer Gabe angezündet. Mit weit ausgestrecktem Arm hielt sie sie vor sich, um keine der Stufen zu übersehen.

Am Fuße der Treppe, kam ihr die einsame Kerze plötzlich armselig vor. In dem riesigen Gewölbe herrschte fast vollkommene Dunkelheit. Wegen der Brandgefahr hatte man in dem mit Dokumenten gefüllten Archiv auf unbeaufsichtigte brennende Kerzen verzichtet, wodurch es so gut wie keine Beleuchtung gab. Unterbrochen wurde die Dunkelheit nur durch gelegentlich angebrachte Luftschächte. Dennoch konnte Myrra zumindest erkennen, dass das Gewölbe mit mehreren Reihen deckenhoher Regale gefüllt war. Sie ging vorsichtig mit der flackernden Kerze in der Hand den Mittelgang entlang. In einigen Reihen weiter den Gang hinunter konnte sie das Licht anderer Kerzen ausmachen.

Das Archiv war so weitläufig, dass Myrra allein sicher niemals das gesuchte Dokument finden würde, also steuerte sie den Schein der nächstgelegenen Kerze an, in der Hoffnung, dort jemanden zu finden, der ihr helfen konnte.

Sie umrundete das letzte Regal, das sie von der Lichtquelle trennte, und fand einen Magier mittleren Alters an einem der schmalen Tische zwischen den Regalreihen sitzend vor. Er hatte sich tief über einige Pergamentrollen gebeugt, sah aber blinzelnd auf, als sie in den Schein der Kerzen und an seinen Tisch herantrat.

„Ja?", fragte er wenig erfreut über diese Störung, während er sein Monokel vom Gesicht nahm.

„Ich suche die Aufzeichnungen über die Prüfungen von Meister Feros Schüler. Könnt Ihr mir sagen, wo ich sie finden kann?", trug Myrra schüchtern ihr Anliegen vor.

„Die Aufzeichnungen über die Prüfungen?", wiederholte der ältere Magier langsam. Er schien eine Weile nachzudenken und Myrra dachte, er würde versuchen sich an die Lage der Aufzeichnungen zu erinnern. „Was wollt Ihr damit?"

Myrra holte tief Luft und schluckte ihren aufkommenden Ärger über die Frage und ihre Ungeduld hinunter.

„Ich ermittle im Fall von Meister Feros Ermordung", teilte sie ihm mit, obwohl sie der Meinung war, dass ihn das nichts anging.

„Ihr seid für diese wichtigen Ermittlungen zuständig?" Nun hatte Myrra endgültig genug.

„Ja, das bin ich. Wo sind nun die Aufzeichnungen?", fragte sie mit eisiger Stimme.

„Nun denn, wenn dem so ist. Sie befinden sich im unteren Stockwerk. Dritte Regalreihe von Ost."

Myrra war noch immer so aufgebracht, dass sie darauf verzichtete, sich zu bedanken, sich einfach wortlos umdrehte und zur Treppe zurückstürmte. In ihrer Wut hastete sie viel zu schnell die Stufen hinunter und wäre in dem flackernden Kerzenlicht beinahe gestürzt.

Auf dem untersten Treppenabsatz blieb sie stehen und zwang sich mehrmals tief durchzuatmen. Derart herablassendem Verhalten war sie schon häufiger begegnet, warum ließ sie sich heute so sehr davon aus der Ruhe bringen?

Sie versuchte, ihren Ärger abzuschütteln, und blickte sich im unteren Stockwerk um. Hier unten gab es noch weniger Licht, da die Luftschächte das Tageslicht nicht so weit nach unten brachten. Doch auch hier konnte sie in einigen Regalreihen Kerzenschein ausmachen. Sie marschierte den Mittelgang hinunter zum östlichen Ende des Kellers und zählte dann die Regalreihen von der Wand aus. Am dritten Regal blieb sie stehen und hob die Kerze, um die darauf gelagerten Dokumente zu sichten. Es dauerte eine Weile, bis sie die richtige Pergamentrolle in den Händen hielt.

Doch bevor sie anfangen konnte die fein säuberliche Schrift zu lesen, hörte sie, wie eine große Gruppe Leute die Treppe in den Keller hinunterkam. Irritiert legte sie die Pergamentrolle zurück ins Regal und trat auf den Mittelgang. Bevor sie jemanden sehen konnte, näherte sich heller Kerzenschein dem unteren Treppenabsatz. Dann sah sie drei Personen um die letzte Biegung der Treppe kommen. Allesamt trugen sie Magierroben und es waren sicher keine Schüler, die hier die Aufzeichnungen studieren wollten.

Ein ungutes Gefühl breitete sich in Myrra aus. Ihr Griff um die Kerze verkrampfte sich, während sie den Neuankömmlingen entgegenging.

Ernste Gesichter blickten ihr über den Kerzen entgegen und sie erkannte Superbias Nebensitzer aus der Sitzung, Meister Trevor, und zwei weitere hochrangige Gildemitglieder.

„Was ist hier los?", fragte sie die drei Herren.

„Magierin Myrra?", fragte einer von ihnen.

„Ja", antwortete Myrra zögerlich.

„Wir sind gesandt vom Rat der obersten Magier. Sie wünschen Euer sofortiges Erscheinen", informierte sie der Mittlere der drei Männer.

„Aus welchem Grund? Ich bin mitten in den Ermittlungen im Fall von Meister Feros Ermordung."

„Ihr seid mit sofortiger Wirkung davon entbunden und sollt umgehend vor den obersten Magiern erscheinen", sagte Meister Trevor bestimmt.

Myrra stand mit offenem Mund da. Sie hatte keine Ahnung, was hier los war. Welchen Grund konnten die obersten Magier haben, ihr die Ermittlungen zu entziehen und sie vor sich zu zitieren? Ihr fiel keine passende Erwiderung auf Meister Trevors Worte ein. Die drei Männer erwarteten wohl auch keine. Sie traten zur Seite und warteten, bis Myrra voranging. Mit einer bösen Vorahnung kam sie der Aufforderung nach und schritt zur Treppe, um die Stufen hinaufzugehen.

KAPITEL 16

Zum dritten Mal fand sich Myrra an dem großen Tisch in der Gildehalle wieder. Doch dieses Mal war Meister Umbero nicht an ihrer Seite und die Gesichter, die ihr entgegenblickten, waren noch weniger freundlich als bei den Malen zuvor. Meisterin Naenia saß genauso steif und unbewegt da, wie schon bei der letzten Begegnung. Der Magiermeister neben ihr, ein Mann um die vierzig, dessen Haare sich schon lichteten, hatte die Lippen zusammengepresst und steile Falten auf der Stirn.

Myrra rutschte unbehaglich auf ihrem Stuhl herum. Niemand sprach und man wartete, bis alle obersten Magier an der Tafel Platz genommen hatten. Die Ratsmitglieder tauschten Blicke, bis sich Meister Trevor räusperte und das Wort ergriff.

„Magierin Myrra, das letzte Mal, als Ihr vor die obersten Magier gerufen wurdet, wurde vereinbart, dass Ihr die Ermittlungen von Meister

Umbero im Fall von Feros Ermordung übernehmt."

Myrra holte Luft, um zu antworten und die Ergebnisse ihrer bisherigen Arbeit vorzutragen, aber Meister Trevor sprach weiter, ohne sie zu Wort kommen zu lassen.

„Zu welchen Ergebnissen seid Ihr bisher gekommen? Habt Ihr den Verantwortlichen gefunden?", fragte er.

Myrras Blick huschte zu Meisterin Superbia, doch diese blickte auf die Tischplatte und Myrra wandte sich wieder Meister Trevor zu.

„Nun, momentan kann ich noch nicht mit Sicherheit sagen, wer verantwortlich ist. Aber …" Myrra wollte weiter ausführen, dass sie gerade dabei gewesen war, die nötigen Beweise zu sammeln, doch sie wurde von Meister Trevor unterbrochen.

„Warum nicht? Seid Ihr der Aufgabe nicht gewachsen?"

Myrra setzte zu einer Antwort an, doch Meister Trevor sprach schon weiter.

„Uns ist zu Ohren gekommen, dass Ihr gegen einen anderen Magier ermittelt. Ist das richtig? Und das, obwohl Meister Fero nicht mit Magie getötet wurde, wie uns Meister Umbero vor seiner Abreise bestätigt hat. Und obwohl es einen wirklich berechtigten Verdacht gegen die Gewürzhändler und ihre Söldner gibt?" Er blickte sie über seine Adlernase hinweg an.

„Ich bin dieser Spur natürlich nachgegangen", verteidigte sich Myrra. „Doch es stellte sich heraus, dass weder die Gewürzhändler selbst für Meister Feros Ermordung verantwortlich sind, noch haben sie seine Ermordung beauftragt."

„Wie könnt Ihr Euch dessen so sicher sein? Seid Ihr wirklich so naiv, zu glauben, was diese Leute Euch erzählen?"

„Ich habe die Angaben, die sie gemacht haben, überprüft!", rechtfertigte sich Myrra aufgebracht.

„Ihr habt Euch von ihnen in die Irre leiten lassen!", widersprach ihr der Magiermeister mit dem verkniffenen Gesicht. Myrra holte Luft, um den obersten Magiern die Tatsachen zu erläutern, doch man ließ sie nicht zu Wort kommen.

„Ich gebe Meister Sultus recht. Offensichtlich seid Ihr nicht die richtige Person für diese Aufgabe, wenn Ihr Euch derart leicht ablenken lasst. Unsere anfänglichen Zweifel an Eurer Eignung waren also durchaus berechtigt. Wir hätten uns besser nicht auf Meister Umberos Empfehlungen verlassen sollen." Meister Trevors Worte klangen in Myrras Ohren nach und sie konnte nicht glauben, was sie hörte.

„Eure Vorstellungen von Moral sind alles andere als angemessen", beschied ihr Meister Trevor.

„Wie könnt Ihr es wagen?", fuhr Myrra auf.

„Nun, man hat Euch gesehen, wie Ihr die Nacht bei einem verurteilten Verbrecher verbracht habt. Der Schmied Yadiel ist ein überführter Dieb", rieb ihr Meister Trevor genüsslich unter die Nase.

Myrra fehlten die Worte, sie konnte die obersten Magier nur stumm anstarren, während die Wut in ihrem Inneren brodelte. Sie ballte die Hände zu Fäusten und versuchte ihren Zorn zu unterdrücken, dann sprach sie so ruhig wie möglich.

„Ob Ihr meine Moralvorstellungen fragwürdig findet oder nicht ist irrelevant. Fakt dagegen ist, dass einer von Meister Feros Schülern in seinen Prüfungen betrogen hat und der Magie gar nicht mächtig ist. Meister Fero aus dem Weg zu räumen, um einer Entlarvung zu entgehen, ist durchaus ein überzeugendes Mordmotiv!" Die Gesichter der Ratsmitglieder blieben reglos.

„Ihr seid doch gar nicht in der Lage, die Magie eines anderen Magiers richtig zu beurteilen. Ihr selbst habt Euch in Euren Prüfungen nicht besonders hervorgetan. Außerdem stünde Euer Wort gegen das eines angesehenen Mitglieds dieser Gilde", herrschte Meister Sulfus sie an.

„Für diesen Betrug gibt es noch eine weitere Zeugin, Anjou. Ihre Arbeiten waren es, die dieser Schüler für die eigenen ausgegeben hatte!", rief Myrra aus. Wie konnten die obersten Magier so ignorant der Wahrheit gegenüber sein?

„Aber das ist doch alles nur Hörensagen. Anjou war ungeeignet als Magierin. Sie hat ihre Ausbildung unbeendet aufgegeben, weit unter ihrem Stand geheiratet und die Stadt verlassen. Die Frau eines Schäfers, die in irgendeinem weitentfernten Winkel dieses Landes in einer verlausten Hütte haust, ist wohl kaum eine geeignete Zeugin", sagte Meister Trevor.

„Wie können Stand und Familienverhältnisse bei solchen Dingen von Bedeutung sein? Dieser Frau wurde unrecht getan! Und sie wurde buchstäblich aus der Stadt und der Gilde vertrieben!", fauchte Myrra.

„Nun übertreibt Ihr aber! Das sind nichts als haltlose Verleumdungen!" Auch die anderen obersten Magier murrten empört.

„Eure Arbeit in den letzten Tagen ist wirklich enttäuschend", sagte Meisterin Naenia mit leichtem Kopfschütteln. Myrra blickte von einem zum anderen und sah nur verdrießliche Gesichter, während Meisterin Superbia weiter ihrem Blick auswich und auf das Holz des Tisches blickte.

„Euch ist Eure Aufgabe mit sofortiger Wirkung entzogen! Und Ihr werdet Euch unverzüglich auf den Rückweg in das Gildehaus der königlichen Hauptstadt machen. Seid dankbar für dieses großzügige Angebot, und dass wir nicht härtere Maßnahmen wegen Eurer verleumderischen Reden ergreifen", beendete Meister Trevor die Versammlung.

Myrra starrte die obersten Magier stumm an. Selbst als sie sich erhoben, um die große Halle zu verlassen, rührte sie sich nicht. Sie hatte geahnt, dass es ein Fehler gewesen war, Falsus mit ihrem Verdacht zu konfrontieren, aber sie hätte niemals gedacht, dass er es wagen würde den obersten Magiern davon zu berichten. Oder, dass diese ihre eigene Situation so gegen sie verwenden würden.

Sie saß noch immer wie betäubt an der Tafel, als ihr Blick auf Meisterin Superbia fiel. Hatte sie sie nicht eigentlich unterstützen wollen? Myrra erhob sich und ging auf sie zu.

„Meisterin Superbia", rief sie und trat ihr in den Weg. „Ihr seid doch nicht auch derselben Meinung? Ihr glaubt mir doch?"

Superbia legte eine Hand auf Myrras Schulter. „Aber natürlich glaube ich Euch."

„Aber könnt Ihr dann gar nichts tun?", fragte Myrra verzweifelt.

„So einfach ist das leider nicht. Ich habe innerhalb der Oberen auch nur eine Stimme. Aber ich werde versuchen auf die anderen Obersten einzuwirken. Vielleicht seid Ihr etwas zu direkt vorgegangen. Es wird Zeit, Fingerspitzengefühl und viel diplomatisches Geschick brauchen, um die obersten Magier davon zu überzeugen, zuzugeben, dass einer der Ihren ein Mörder ist. Überlegt doch mal, was würde nur der König dazu sagen." Während sie sprach, schob Superbia Myrra sanft zum Ausgang der großen Halle.

„Aber ich verspreche Euch, ich werde Falsus im Auge behalten und nach Beweisen suchen. Wenn die Zeit gekommen ist, werde ich dafür sorgen, dass er angeklagt wird. Ihr könnt in dieser Sache nichts mehr tun. Besser Ihr fügt Euch den Anweisungen der obersten Magier und verlasst die Stadt, so ungerechtfertigt sie auch sein mögen." Mit diesen Worten ließ Superbia Myrra in der Eingangshalle des Gildehauses zurück.

Wie betäubt blieb sie einfach an Ort und Stelle stehen und starrte auf die obersten Magier, wie sie aus dem Gildehaus strömten, ohne sie wirklich zu sehen. Leere breitete sich in ihr aus und die Enttäuschung über ihr eigenes Versagen lastete schwer auf ihren Schultern.

Plötzlich erregten Bewegungen hinter einer Säule nahe dem Ausgang ihre Aufmerksamkeit. Falsus und Meister Trevor stritten flüsternd, aber aufgebracht gestikulierend miteinander. Niemand sonst nahm von ihnen Notiz. Falsus schien nicht zu gefallen, was Meister Trevor zu ihm sagte. Was konnten die beiden zu bereden haben?

Argwöhnisch näherte sich Myrra den Streitenden. Doch noch bevor sie auch nur eines der geflüsterten Worte verstehen konnte, blickte Falsus auf und entdeckte sie. Der Blick, den er ihr zuwarf, war so hasserfüllt, dass Myrra unwillkürlich stehenblieb. Falsus machte Meister Trevor auf Myrra aufmerksam und gemeinsam beeilten sie sich, das Gildehaus zu verlassen. Myrra blieb mit hängenden Schultern in der leeren Eingangshalle zurück.

KAPITEL 17

Gedankenlos knüllte Myrra ihre Roben zusammen und schleuderte sie in Richtung der Tasche, die auf ihrem Bett lag, ohne zu bemerken, dass sie sie nicht traf. Immer wieder ging ihr das Treffen mit dem Rat der obersten Magier durch den Kopf und sie überlegte fieberhaft, was sie hätte sagen oder tun können, um einen anderen Ausgang zu erzwingen.

Planlos fuhr sie fort, ihre Sachen zusammenzusuchen, dann kam ihr ein ganz anderer Gedanke. Einer, der viel schlimmer war und ihr die Tränen in die Augen trieb. Was sollte sie nur Meister Umbero sagen, wenn sie ihm gegenübertrat? Kraftlos sank sie neben der Tasche auf die Bettkante und legte ihren Kopf in die Hände.

Sie war gescheitert. Sich diese Tatsache einzugestehen war eine Sache, die schon schlimm genug war, aber Meister Umbero davon berichten zu müssen, würde unerträglich werden. Waren ihre Schlussfolgerungen so falsch gewesen? Sie hatte ihrem Instinkt vertraut, genau wie Meister Umbero es ihr geraten hatte und sie war nach wie vor der festen Überzeugung, dass Falsus etwas zu verbergen hatte. Sein und Meister Trevors Verhalten waren eindeutig verdächtig und dass sie dafür gesorgt hatten, dass sie so schnell kaltgestellt wurde, sagte ihr, dass sie auf dem richtigen Weg gewesen war und der Wahrheit viel zu nahegekommen war.

Sie nahm an, die obersten Magier würden wieder nach Meister Umbero schicken, damit er die Ermittlungen weiterführte. Am besten sie schrieb ihm einen Brief mit ihren Erkenntnissen, für den Fall, dass er schon nicht mehr in Urbia war, wenn sie dort ankam und sie sich nicht auf dem Weg begegneten.

Sie erhob sich entschlossen und griff nach einem Pergament und der Feder. Doch schon bei den ersten Worten zögerte sie und beobachtete nachdenklich, wie die Tinte aus der Feder tropfte. Was konnte Meister Umbero wirklich ausrichten in dieser Sache? Die obersten Magier würden keine weitere Ermittlung in diese Richtung zulassen und Meister Umbero wären die Hände gebunden.

Je mehr sie darüber nachdachte, desto klarer wurde ihr, dass sie nicht darauf warten konnte, dass jemand anderes die Sache in die Hand nahm. Die obersten Magier rechneten sicher nicht damit, dass sie sich ihren Anweisungen widersetzte. Sobald sie sich außerhalb ihrer Sicht befand, würden sie sie schlichtweg vergessen. Sie war somit wahrscheinlich die einzige Person, die in der Position war, weiter zu ermitteln.

Doch wie sollte sie die Sache angehen? Sie konnte nicht mehr zurück ins Archiv, um die

nötigen Beweise zu suchen. Wenn sie dort auftauchte, würden die obersten Magier sofort
informiert werden. Und die einzige Person, die
Falsus Betrug bezeugen konnte, war Anjou.
Abgesehen davon, dass die obersten Magier sie
schwerlich als Zeugin akzeptieren würden,
wusste Myrra auch nicht, wo sie sich aufhielt.
Aber so dürftig die Aussicht auf Erfolg auch war,
Anjou zu finden und ihre Geschichte zu hören
war ihre einzige Chance.

Myrra blickte aus dem Fenster über dem
Schreibtisch und dachte über Anjous Verschwinden nach. Irgendjemand musste doch
wissen, wohin sie gegangen war. Schließlich
hatte ihr gesellschaftlicher Abstieg sicher den
einen oder anderen Tratsch ausgelöst. Myrra
musste also nur Leute ausfindig machen, die sich
für solchen Tratsch interessierten und sich auch
noch Jahre danach daran erinnerten. Während
sie überlegte, fiel ihr der Gärtner ein, der ihr
zuerst von Anjou erzählt hatte. Er hatte gesagt,
sie habe die Stadt verlassen und leider hatte
Myrra es zu jenem Zeitpunkt versäumt zu
fragen, ob er auch wusste, wohin sie gegangen
war. Es konnte sicher nicht schaden sich auf die
Suche nach ihm zu machen und genau das nach-
zuholen.

Entschlossen erhob sie sich, legte die
tropfende Feder auf das verschmierte Pergament
und verließ das Zimmer. Sie eilte mit großen
Schritten nach draußen, wo sie hektisch nach
dem Gärtner Ausschau hielt. Sie brauchte nicht
lange zu suchen, kaum hatte sie die Hälfte der
Gärten durchquert, sah sie ihn in den Blumen-
beeten knien.

„Guten Tag", begrüßte sie ihn, kaum, dass sie die Beete erreicht hatte. Erschrocken fuhr der alte Mann herum und blickte, die Augen mit der Hand gegen die Sonne abschirmend, zu ihr auf.

„Guten Tag", antwortete er, während er sich so schwerfällig auf die Beine mühte, dass sie ihm schon helfen wollte. „Wie kann ich Euch helfen?"

Myrra zögerte, sie wollte nicht zu offensichtlich nach dem Verbleib von Anjou fragen, in der Befürchtung, der Gärtner würde den falschen Personen davon erzählen. Doch letztlich kam sie zu dem Entschluss, dass sie dieses Risiko eingehen musste.

„Ihr habt mir von Anjou erzählt und wie talentiert sie war. Erinnert Ihr Euch? Ihr sagtet, sie hat die Stadt verlassen. Wisst Ihr auch, wohin sie gegangen ist?", sprudelte es aus Myrra heraus.

Der alte Gärtner schaute sie etwas irritiert an. „Anjou? Das ist schon lange her." In dem Bemühen, sich zu erinnern, zog er die Stirn in Falten und Myrras Hoffnung sank.

„Ich glaube, sie hat geheiratet. Ja genau, einen jungen Mann aus Quaria. Dann ist sie mit ihm in seine Heimat zurückgekehrt."

„Nach Quaria?", hakte Myrra nach, innerlich jubelnd. „Wisst Ihr noch den Namen des Mannes? Oder von wo genau in Quaria er herkam?"

„Nein, leider nicht."

Myrra seufzte, dann musste sie die Frau anders ausfindig machen. Aber zuerst musste sie nach Quaria gelangen, und das, ohne dass die obersten Magier davon erfuhren.

„Werdet Ihr nach ihr suchen?", fragte der alte Gärtner in ihre Gedanken hinein.

Myrra blickte in das runzlige Gesicht des alten Mannes und versuchte abzuschätzen, wem er von ihrer Antwort erzählen würde.

„Jemand sollte wirklich versuchen sie zurückzuholen. Was damals passiert ist, war nicht richtig." Der alte Gärtner schüttelte den Kopf.

„Ich denke nicht, dass die obersten Magier viel Interesse an einer Aufklärung dieser Sache haben", sagte Myrra vorsichtig und hoffte, dass der Gärtner verstand, dass sie damit sagen wollte, er solle ihr Gespräch für sich behalten. Dann verabschiedete sie sich von ihm und kehrte ins Gildehaus zurück.

KAPITEL 18

Die erste Station der Botenkutsche auf dem Weg zur königlichen Hauptstadt war kaum mehr als eine Hütte, in der der Pferdeknecht schlief, und ein angrenzender Stall, vor dem ein kleiner Bach leise vor sich hinplätscherte. Myrra hatte sich wenige Stunden zuvor unter den wachsamen Augen einiger Gildemitglieder in die Botenkutsche Richtung Urbia gesetzt. Für die obersten Magier musste es so aussehen, als hätte sie sich ihren Anweisungen gebeugt. Allerdings würde sie nicht bis zur Hauptstadt weiterfahren. Hier an dieser Station wollte sie in die Kutsche Richtung Quaria umsteigen.

Die Kutsche würde hier nur kurz anhalten, um die Pferde zu tränken. Myrra beeilte sich deshalb, auszusteigen. Sie trat in den Schatten der Bäume, die die kleinen Gebäude umsäumten und wies den Kutscher an, ihre Tasche abzuladen. Der bärtige Mann mit dem grimmigen Gesicht schaute sie einige Augenblicke nur an, zuckte dann mit den Schultern und tat, worum sie ihn gebeten hatte. Sie wartete nicht, bis er fertig war, sondern wandte sich umgehend an den Pferdeknecht der Station.

„Wann wird die Kutsche nach Quaria vorbeikommen?" Der pickelige Jüngling machte große Augen und trat von einem Bein auf das andere.

„Diese Kutsche kam gestern vorbei, Meisterin, und wird erst wieder in drei Tagen fahren", antwortete der Junge mit einer Stimme, die sich bei jedem zweiten Wort überschlug.

Myrra ließ beinahe ihren Beutel fallen, den sie in den Händen hielt. Verdammt, dass die beiden Kutschen nicht am selben Tag fahren würden, hatte sie nicht bedacht. Fieberhaft überlegte sie, was sie nun tun sollte. Sie wollte nicht drei Tage bei dieser Station festsitzen.

„Gibt es eine Möglichkeit, schneller nach Quaria zu kommen?", fragte sie den Kutscher und den Knecht. Der Kutscher schüttelte sofort stumm den Kopf, doch der Knecht antwortete: „Ihr könnt Euch mit dem Pferd auf den Weg machen."

„Die Meisterin wird sicher nich' aufm Gaul nach Quaria reiten", widersprach ihm der Kutscher sofort. Und Myrra musste ihm recht geben. Sie konnte nicht reiten.

„Gibt es denn gar keine andere Möglichkeit?" Verzweifelt schaute sie in die Gesichter der beiden, während diese den Kopf schüttelten. Was sollte sie nur tun? Sie konnte doch nicht ernsthaft in Erwägung ziehen, allein auf einem Pferd durch das Land zu reiten.

„In Ordnung. Habt Ihr ein Pferd für mich? Ich muss es wagen", hörte sie sich sagen und konnte kaum glauben, dass das ihre Worte waren. Was tat sie da? Aber es stimmte, sie musste es wagen.

Für Anjou und Fero, vor allem aber für Meister Umbero, der an sie glaubte und auch für sich selbst.

„Aber natürlich, Meisterin." Der junge Pferdeknecht eilte sofort in den kleinen Stall. Der Kutscher starrte sie noch ein wenig länger ungläubig an, dann wandte er sich ab und bereitete seine Weiterreise vor.

Der Stallknecht kam mit einem, nach Myrras Ermessen riesigem Pferd aus dem Stall zurück. Es sah den beiden Pferden vor der Botenkutsche verdächtig ähnlich, nur trug es einen Sattel anstelle eines Jochs. Das lederne Ding wirkte auf seinem breiten Rücken lächerlich klein.

„Hier, Meisterin", sagte der Junge überflüssigerweise und brachte das Tier direkt vor Myrras Füßen zum Stehen. Sie blickte an seinen stämmigen Beinen hinauf, auf den mächtigen Rumpf, um den sich stramm der Gurt des Sattels schlang und kam sich winzig vor.

„Keine Sorge, Meisterin. Er ist ganz brav."

Sie schluckte schwer und brachte nicht einmal ein Nicken zustande.

„Ihr müsst nur in den Sattel steigen", sagte der Junge, nachdem Myrra nur weiter das Pferd anstarrte. Sie schluckte noch einmal und trat vor, um nach dem Horn des Sattels zu greifen und stellte den Fuß in den Steigbügel. Sie benötigte mehrere Anläufe, bis sie es in den Sattel geschafft hatte. Der Junge beeilte sich, ihr Gepäck hinter dem Sattel zu befestigen, während das Pferd völlig bewegungslos stehenblieb, dann blickte der Junge sie stolz an.

„Eine goldene Denare und Ihr könnt los."

Myrra blickte auf den Jungen hinunter. Sie wagte kaum ihre Hände aus der Mähne des

Pferdes zu lösen, um die Münze aus der Tasche zu nehmen und dem Jungen zu reichen. Sie musste sie in seine Hand fallen lassen, weil sie sich nicht traute sich vorzubeugen. Das Pferd stand während alledem noch immer da wie eine Statue.

„Lauf", sagte sie dann zu ihm. Doch es bewegte sich nicht.

„Ihr müsst es antreiben. Mit den Beinen."

Sachte klopfte sie mit den Fersen in die Flanken des Tieres. Gerade konnte sie noch den Sattelknauf packen, als es einen großen Schritt nach vorn machte und dann glücklicherweise wieder stehenblieb. Sie krallte sich fest, atmete tief durch und versuchte es erneut. Das konnte schließlich nicht so schwierig sein. Fast jeder konnte reiten. Warum nicht sie?

Also tippte sie das Pferd erneut an und es setzte sich in Bewegung. So schwer war das gar nicht.

Das Pferd lief gemächlichen Schrittes die Straße entlang. Doch der Junge brüllte ihr hinterher: „Meisterin! Nach Quaria müsst Ihr die andere Straße nehmen!"

Sie versuchte, sich im Sattel umzublicken und wäre beinahe vom Rücken des Pferdes gerutscht.

„Was?"

„Die andere Straße!" Der Junge gestikulierte wild in die entgegengesetzte Richtung. „Benutzt die Zügel!"

Myrra löste eine Hand vom Sattelhorn und zupfte zaghaft am Zügel. Und tatsächlich, das Pferd wandte sich in die angegebene Richtung zum Straßenrand. Sie zupfte noch einmal am Zügel, um es zurück auf die Straße zu dirigieren.

Als sie wieder an dem Jungen vorbeikam, nickte er ihr aufmunternd zu und winkte ihr dann hinterher. Doch sie wagte nicht, den Sattel loszulassen, um zurückzuwinken.

Langsam trottete das Pferd die Straße entlang. Dennoch war die Station bald außer Sicht.

Es war schon nach Mittag gewesen, als sie Spero verlassen hatte und der Nachmittag schritt immer weiter fort. Schon nach wenig mehr als einer Stunde änderte sie ihre Meinung über das Reiten wieder. Es war nicht einfach.

Schon nach kurzer Zeit tat ihr jeder Muskel im Körper weh und das anfangs so brave Pferd blieb häufig stehen, um ganz ungeachtet ihrer Bemühungen auf seinem Rücken am Wegrand nach Gras zu suchen. Es dauerte stets eine ganze Weile, bis sie es wieder dazu bewegen konnte, weiterzugehen.

Zwischen den ungewollten Unterbrechungen durch das Pferd, war sie mit sich und ihren Gedanken allein. Das gab ihr viel zu viel Zeit, um über das nachzudenken, was in den letzten Tagen geschehen war. Ungefragt kam ihr dabei Yadiel in den Sinn. Durch ihren überstürzten Aufbruch hatte sie keine Gelegenheit gehabt, sich zu verabschieden oder mit ihm zu sprechen. Was sie wohl erwarten würde, sollte sie ihren Weg nach Spero zurückfinden und ihn wiedersehen? Wie war sie überhaupt in eine derartige Situation gekommen? So etwas war doch sonst nicht ihre Art.

Als der Abend langsam heraufzog, hatte sie noch ein anderes Problem, das ihr immer bewusster wurde, je leiser das Vogelgezwitscher um sie herum wurde und die Nacht immer näherkam. Sie war mitten im Nirgendwo. Weit und breit keine Siedlung oder Häuser in Sicht. Um sie herum gab es nur grün bewachsene Hügel, in die die Hitze des Sommers langsam gelbe Stellen fraß.

Sie musste eine Unterkunft finden. Sie wollte nicht allein mit dem Pferd die ganze Nacht am Wegrand verbringen. Trotz ihrer Erschöpfung zwang sie sich, ihre Umgebung genaustens anzusehen, um Anhaltspunkte zu finden, die auf ein nahes Gehöft schließen ließen.

Ein gutes Stück den mit vereinzelten Zypressen gesäumten Weg hinunter, vermeinte sie, Weinreben auf einem der Hügel zu erkennen. Sie hielt nach einer Hofeinfahrt Ausschau, während das Pferd den Weinreben immer näherkam.

Tatsächlich führte zwischen dem Wein und dem Feld daneben ein schmaler Weg entlang, auf den sich das Pferd bereitwillig steuern ließ.

Sie konnte auf dem ausgetretenen Trampelpfad im immer schwächer werdenden Dämmerlicht kaum noch etwas ausmachen. Und anstatt bald auf Anzeichen von Menschen zu stoßen, erreichte sie nur eine Abzweigung. Sie zog die Zügel an und das Pferd blieb stehen. Sie blickte im schwindenden Licht die Pfade entlang. Dann wandte sie sich um und blickte in die Richtung, aus der sie gekommen war.

Sie ließ sich vom Rücken ihres vierbeinigen Freundes gleiten. Die Zügel umklammert, stand sie am Wegrand. Wo sollte sie nur hin? Sie hatte keine Ahnung, ob sie bald auf Menschen treffen würde oder ob sie lieber versuchen sollte den Weg zur Postkutschenstation zurückzufinden. Und wenn sie das tat, konnte sie auch gleich nach Spero zurückgehen und sich geschlagen geben.

Sie entschied sich für einen der Pfade und ging weiter. Jeder Schritt tat weh. Bald war die Nacht endgültig hereingebrochen und sie konnte kaum noch den Pfad vor sich ausmachen. So sehr sie sich auch anstrengte, sie konnte keine Lichter in der Ferne sehen.

Doch plötzlich stand sie vor einem Schuppen. Er wuchs rechts des Weges vor ihr aus der Dunkelheit. Sie blieb stehen und blickte angestrengt in die Finsternis. Er wirkte verlassen. Wenn sie Glück hatte, war die Tür offen und sie konnte darin übernachten.

Sie erreichte, was sie glaubte als Tür identifiziert zu haben, und ließ die Hand über das Holz gleiten, bis sie einen Riegel fand. Sie zog daran und als er sich bewegte, entwich ihr der angehaltene Atem und sie lehnte kurz die Stirn an die Außenwand des Schuppens.

Dann drückte sie das schwere Tor auf und trat ins Innere. Die Dunkelheit nahm noch zu und sie wagte nicht weiter als ein paar Schritte zu gehen, vor Angst, über Gerätschaften zu stolpern.

Sie tastete mit einer Hand an der Wand neben dem Tor entlang und ihre Finger stießen auf einen Holzstiel. Kurzerhand packte sie ihn und hielt ihn vor ihr Gesicht. Es bedurfte nur eines kurzen Gedankens, um die obere Spitze zu entzünden, und sie konnte endlich das Innere des Schuppens sehen. Hier also würde sie die Nacht verbringen.

KAPITEL 19

Der Morgen kam und mit ihm das blanke Entsetzen über ihren gestrigen Entschluss. Wie hatte sie sich nur einbilden können, sie könnte ganz allein nach Quaria reiten? So weit sie wusste, war es ein Ritt von drei Tagen von Spero nach Quaria. Doch nach dem halben Tag, den sie gestern unterwegs gewesen war, kam ihr das wie eine Ewigkeit vor.

Ob sie wohl lieber wieder umdrehen sollte? Noch war der Rückweg deutlich kürzer. Doch wenn sie weiter hier im Schuppen herumsaß, würde sie nirgends ankommen. Sie ging zu dem Pferd hinüber. Sie hatte nicht gewagt, ihm Sattel oder Zaum abzunehmen, weil sie keine Ahnung hatte, ob sie in der Lage sein würde, sie ihm wieder anzuziehen.

Sie trat an das Pferd heran und überprüfte die Wasserflasche, die der Pferdeknecht an den Sattel gebunden hatte. Sie war fast leer. Genauso wie der wenige Proviant, den sie aus der Stadt mitgebracht hatte. Wenn sie nicht bald auf einen

Gasthof oder Ähnliches traf, würde sie damit nicht mehr weit kommen.

Sie packte alles wieder zusammen und nahm sich nur ein kleines Stück Brot. Dann trat sie mit dem Pferd in den gerade heraufziehenden Morgen. Sie konnte den Tau riechen, der das Gras bedeckte und in den dünnen, noch schwachen Strahlen der Sonne funkelte.

Sie hielt sich nicht lange damit auf, die Umgebung, die sie in der gestrigen Dunkelheit nicht hatte sehen können, zu betrachten, sondern machte sich daran, wieder aufs Pferd zu kommen. Wie am Tag zuvor benötigte sie mehrere Anläufe. Dann steuerte sie auf den Pfad zu.

Muskelkater vom Vortag sowie die unbequeme Nacht im Schuppen machten schon den ersten und alle folgenden Schritte des Pferdes zur Qual. Die Welt um sie herum erwachte und immer mehr Vogelstimmen schallten ihr aus dem Geäst von Büschen entgegen. Doch sie achtete nicht darauf, sondern konzentrierte sich, das Pferd am Laufen zu halten. Erst als sie die Abzweigung der Pfade erreicht hatte, hielt sie an. Sie blickte die schmalen Wege entlang. Gestern Abend hatte es hier anders ausgesehen. Doch da war es dunkel gewesen. Sie wählte den Pfad am weitesten links und ritt weiter.

Sobald sie das Feld mit den Weinreben erreicht hatte, würde es nicht mehr weit bis zur Straße sein. Jedoch statt an Weinreben stand sie bald vor einer weiteren Abzweigung. Sie riss an den Zügeln des Pferdes und es grub sofort seine Hufe in die Erde. An diese Abzweigung konnte sie sich nicht erinnern. Da war gestern Abend nur eine gewesen. Sie blickte über die Schulter zurück, dann versuchte sie, sich in den Steigbügeln aufzustellen und über die Hügel zu blicken. Doch sie sah nichts, das ihr weiterhalf.

Hier jedenfalls war sie falsch. Sollte sie zurückgehen und dort einen anderen Pfad nehmen? Doch am Vorabend war sie nicht abgebogen, sondern nur geradeaus geritten. Es hätte also ganz leicht sein müssen zurück zur Straße zu kommen. Was sollte sie nur tun? Irgendetwas musste sie unternehmen, sie konnte nicht einfach an dieser Kreuzung stehenbleiben und auf Hilfe hoffen, die vielleicht niemals kam. Sie hatte sich selbst in diese Lage gebracht, nun musste sie auch schauen, wie sie da wieder herauskam.

Sie beschloss nicht zurückzugehen, sie war sich ziemlich sicher, dass dies die grobe Richtung war, in der die Straße lag. Sie hoffte, dass sie die anderen Pfade in der Dunkelheit einfach nicht bemerkt hatte.

Der Vormittag schritt weiter voran und Myrra hatte die Straße noch immer nicht erreicht. Ihre Wasserflasche hatte sie zwar an einem kleinen Bach füllen können, doch langsam quälte sie der Gedanke, was sie tun sollte, sobald das Essen aufgebraucht war.

Es ging schon auf Mittag zu, da sah sie nach dem letzten Hügel die Straße. Sie schloss die Augen und atmete lange aus. Dann machte sie sich daran, die Steigung hinunter zu reiten. Auf der Straße angekommen, hielt sie das Pferd an und blickte in beide Richtungen. War das überhaupt die richtige Straße?

Sie hatte viel zu lange gebraucht, um sie zu erreichen. So weit war sie am letzten Abend nicht geritten. Dessen war sie sicher. Immer wieder starrte sie den Horizont in beide Richtungen an, doch keine schien ihr richtig zu sein.

Da sie nicht bis zum Abend auf der Straße stehen wollte, lenkte sie das Pferd schließlich in die Richtung, die ihr am wahrscheinlichsten schien. Irgendwann musste ein anderer Reisender auftauchen, dann würde sie nach dem Weg fragen. Doch der Tag verstrich langsam, ohne dass sie jemanden traf. Sie hatte den Blick starr auf die Ohren des Pferdes gerichtet und konzentrierte sich auf die undefinierbare Farbe seines Fells, um nicht daran zu denken, in welcher Lage sie sich befand.

So bemerkte sie erst nicht das kleine Gehöft auf der rechten Straßenseite, dem sie immer näherkam. Sie war nur noch etwa hundert Schritte entfernt, als sie es wahrnahm. Sie konnte schon die Löcher in dem Dach des kleinen Brunnens davor ausmachen.

In ihrer Eile drückte sie dem Pferd die Fersen in die Flanken und wäre beinahe heruntergefallen, als es auf eine merkwürdig hopsende Art schneller lief. Hastig zog sie die Zügel wieder an, da war ihr das gemächliche Tempo doch lieber.

Es war erst später Nachmittag, aber sie konnte niemanden vor den Gebäuden ausmachen. Erst als sie direkt davor anhielt und bereits vom Pferd gestiegen war, trat jemand aus der Tür.

„Zimmer sind schon alle voll!", bellte ihr der Mann entgegen, noch bevor sie hinter dem Pferd hervorgetreten war.

Sie schloss für einen Moment die Augen. Natürlich war kein Bett mehr frei. „Kann ich dennoch die Nacht über hierbleiben?" Sie versuchte, nicht allzu verzweifelt zu klingen, während sie dem Mann entgegentrat.

Ein Blick auf ihre Roben genügte. „Selbstverständlich. Ich werde eines der Zimmer für Euch räumen lassen!" Er wandte sich ab und wollte in das Haus zurückeilen.

„Oh, nein. Nicht doch!"

Der Mann blieb stehen und wandte sich wieder um. „Dann kann ich Euch nur die Scheune anbieten", sagte er mit Blick auf die Füße.

„In Ordnung. Ich danke Euch."

Er ging voran auf die Scheune zu. „Es wird noch eine Reisende in der Scheune nächtigen."

Myrra zog das Pferd hinter sich her und konnte einen leisen Seufzer nicht unterdrücken, aber es war immer noch besser, als verloren die Nacht auf der Straße herumzuirren. „Entschuldigt, gibt es noch etwas zu Essen?"

„Ich werde sofort etwas holen gehen."

Während er zum Haus zurückeilte, trat Myrra in das Innere des Schuppens. Auch wenn sie die Nacht wieder auf dem Boden verbringen musste, immerhin war sie nicht mehr verloren.

Sie hielt unter der Tür, um zu warten, bis sich ihre Augen an das Halbdunkel gewöhnt hatten.

„Rein oder raus! Aber nicht unter der Tür rumstehen!", herrschte sie eine Stimme an.

Hastig trat Myrra zur Seite. „Entschuldigung", sagte sie unwillkürlich. Langsam konnte sie mehr Einzelheiten ausmachen. Vor ihr stand eine stämmige Frau in ihrem Alter. Myrra ging an ihr vorbei. Sie ließ das Pferd los, das sich sogleich auf die Suche nach Fressbarem machte.

„Ihr wollt ihm doch nicht den Zaum und den Sattel anlassen?", fragte die fremde Frau entrüstet.

Myrra wollte sich auf einer Kiste niederlassen und hielt mitten in der Bewegung inne. „Ich … Ich weiß nicht, wie ich es wieder angezogen bekomme."

Die andere Frau schnaubte und schnappte sich Myrras Pferd, um ihm Sattel und Zaum abzunehmen.

Myrra trat heran, um ihr zu helfen. Doch die Frau war schon fertig, bevor sie die Gelegenheit dazu bekam. „Danke", konnte sie nur sagen, aber erntete dafür nur einen bösen Blick.

„Ich nehme an, seine Hufe habt Ihr auch nicht kontrolliert?"

Ein stummes Kopfschütteln war alles, was Myrra zustande brachte. Doch die andere Frau wartete ihre Antwort gar nicht ab, sondern bückte sich bereits nach den Hufen von Myrras Pferd. „Warum fahrt Ihr nicht in einer Kutsche?"

„Ich muss so schnell wie möglich nach Quaria. Es war die einzige Möglichkeit."

„Wenn Ihr auf dem Weg nach Quaria seid, dann seid Ihr hier aber falsch."

„Das darf doch nicht wahr sein!" Myrra ließ sich kraftlos auf eine der Kisten sinken. „Aber ich habe es befürchtet." Sie schloss die Augen und ließ den Kopf in die Hände sinken.

„Warum wartet Ihr nicht lieber auf eine Kutsche oder sucht Euch einen Reiseführer?" Die Worte hatten deutlich an Schärfe eingebüßt.

Myrra blickte auf. „Ich muss wirklich schnellstens nach Quaria." Sie atmete tief durch und richtete sich auf. „Wo finde ich einen Reiseführer?"

Die Frau blieb stumm und sah sie nur eigenartig an. „Ich arbeite als Reiseführerin. Aber eigentlich bin ich auf dem Rückweg nach Spero."

Nicht einmal für ein kleines bisschen Enttäuschung hatte Myrra Kraft. „Könnt Ihr mir wenigstens den Weg erklären?" Sie konnte den Zweifel auf dem Gesicht der Anderen erkennen.

„Ich will nicht schuld sein, wenn Ihr unterwegs verlorengeht", sagte sie nach einer kurzen Weile. Wieder machte sie eine Pause, dann seufzte sie. „Ich bringe Euch nach Quaria, aber ich erwarte eine gute Bezahlung."

Myrra brauchte einige Augenblicke, bis die Worte ganz zu ihr durchdrangen. Erstaunt blickte sie auf. „Wirklich? Das sind die besten Neuigkeiten seit Tagen! Vielen Dank!"

„Na, na. Noch sind wir nicht dort."

Doch Myrra war viel zu erleichtert, um den Einwand auch nur wahrzunehmen. „Wie lange wird es noch dauern?"

„In drei Tagen sollten wir dort sein", antwortete ihre neue Reiseführerin mit Blick auf Myrras Pferd.

Endlich kam der Hausherr mit dem versprochenen Essen zurück. Er reichte Myrra ein Brett mit Brot und Käse. Ausgehungert machte sie sich darüber her. „Wie heißt Ihr eigentlich?", fragte sie, nachdem sie das karge Mahl aufgegessen hatte.

„Zanna."

„Ich bin Myrra", antwortete sie und streckte Zanna die Hand entgegen.

KAPITEL 20

Zwei Tage später erreichten sie Quaria. Myrra war noch nie zuvor in der Küstenstadt gewesen. Neugierig sah sie sich um, als sie durch das Tor in der Stadtmauer ritten. Zwar war Quaria aus demselben Sandstein erbaut wie Spero, doch unterschieden sich die beiden Städte ansonsten sehr. Hier gab es kein flächendeckendes Meer aus roten Ziegeldächern. Die Küste wurde beherrscht von felsigen, bewaldeten Hügeln, an deren Fuß sich Schutz suchend die Häuser der deutlich kleineren Stadt drängten.

Wie klein die Stadt wirklich war, merkten sie sofort, nachdem sie sie betreten hatten. Schon nach kurzer Zeit, erreichten sie den Marktplatz in der Stadtmitte.

Myrra hatte keine Ahnung, wo sie Anjou finden konnte, deshalb würde sie sich erst einmal hier in der Stadt in einem Gasthaus einquartieren. Auch Zanna würde über Nacht bleiben, bevor sie sich am nächsten Tag auf den

Rückweg zu ihrem Dorf in der Nähe von Spero machen wollte.

Zanna brauchte nur wenige Augenblicke, um sich zu orientieren, dann steuerte sie zielstrebig auf ein Gasthaus auf der Ostseite des großen Marktplatzes zu. Myrra verließ sich einfach auf ihr Urteil. Wie sie auf der Reise erfahren hatte, war Zanna schon mehrfach in dieser Stadt gewesen. Die Schenke wirkte einfach, aber sauber und hatte auf der linken Seite einen geräumigen Stall für die Pferde.

Ihre Ankunft wurde sofort bemerkt und ein Stallbursche erschien, um sich ihrer Pferde anzunehmen. Myrra blieb ohne das Tier unschlüssig stehen. War sie tatsächlich nach Quaria geritten? Sie schüttelte den Kopf, um den Gedanken loszuwerden und sich auf die vor ihr liegende Aufgabe zu konzentrieren.

Zanna und Myrra betraten den Schankraum, sobald sich Zanna versichert hatte, dass der Stallbursche mit seiner Aufgabe zurechtkam.

„Wir brauchen ein Zimmer für mindestens zwei oder drei Nächte", ließ Myrra den Wirt wissen, der ihnen entgegenkam.

„Aber natürlich. Jacob wird Euer Gepäck gleich hinauftragen. Kann ich Euch solange etwas anbieten?"

Die Aussicht auf eine richtige Mahlzeit ließ Myrra nach dem kargen Proviant der letzten Tage das Wasser im Mund zusammenlaufen.

„Darf ich dich auf eine Mahlzeit einladen?", fragte sie Zanna.

„Aber sicher."

Nach dem Mahl wäre Myrra am liebsten sofort in ein Bett gekrochen, um drei Tage zu schlafen, so müde war sie noch immer von der

Reise. Gleichzeitig konnte sie es kaum erwarten, sich auf die Suche nach Anjou zu machen. Auf dem Weg nach Quaria hatte sie sich überlegt, wie sie Anjou ausfindig machen wollte. Sie konnte nicht zum Gildehaus in Quaria gehen und einfach nach ihr fragen. Aber sie vermutete ohnehin, dass ihr dort niemand würde sagen können, wo sich Anjou befand.

Da sie jedoch wusste, dass Anjou einen Schäfer geheiratet hatte, würde sie sich noch heute Nachmittag zum Pferdemarkt aufmachen, wo neben Pferden auch andere Nutztiere angeboten wurden. Sie hoffte, dort auf andere Schäfer zu treffen, die Anjou vielleicht kannten.

„Am besten, ich mache mich gleich auf den Weg zum Pferdemarkt", sagte sie zu Zanna, während der Wirt den Tisch abräumte.

„Ich werde mitkommen. Ich möchte mir die Pferde anschauen", verkündete Zanna. Myrra musste unwillkürlich lächeln, während sie sich vom Tisch erhoben und das Gasthaus verließen. Sie trat hochaufgerichtet vor das Gasthaus. Sie hatte es auf eigene Faust nach Quaria geschafft und die Gilde in Spero war weit weg. Während sie durch die Tür traten, blickte sie auf Zannas Rücken. Welches Glück sie doch gehabt hatte, ihr zu begegnen. Sie waren erst wenige Tage zusammen unterwegs, doch es fühlte sich an, als würde sie Zanna schon Jahre kennen.

Die Nachmittagssonne brachte die von unzähligen Füßen blank polierten Pflastersteine zum Glänzen und auf dem Markt herrschte geschäftiges Treiben.

Ihr Blick fiel auf hölzerne Verschläge und die zu kleinen Trauben zusammengebundenen Pferde.

„… unverschämt! Mein alter Ochse gäbe ein besseres Zugtier ab!"

Myrra wandte sich nach dem Sprecher und seinem Kontrahenten um, die neben einer Gruppe kräftiger Pferde standen. Dann blickte sie Zanna nach, die zielstrebig auf einige der Reitpferde in der Mitte des Marktes zuhielt.

Wenn Sie ebenfalls finden wollte, weswegen sie hier war, sollte sie aufhören verträumt durch die Gegend zu blicken, also steuerte sie die Pferche am Rande des Marktes an, weil sie darin die Schafe und Ziegen vermutete.

Im ersten Pferch standen ein paar jämmerliche Lämmer, die sogar in Myrras ungeübten Augen nicht viel hermachten. Am Gatter des Pferchs stand kein einziger Interessent, sondern nur ein traurig blickender Mann mittleren Alters. Hoffnung machte sich auf seinem Gesicht breit, als Myrra an ihn herantrat.

„Guten Tag, werter Herr", begrüßte sie ihn.

„Guten Tag, Meisterin", sagte er mit einer tiefen Verbeugung. Obwohl ihre Magierroben von der Reise staubig waren, hatte er sie doch sofort als solche erkannt. Gleichzeitig hatte er wohl auch erkannt, dass sie seine Schafe sicher nicht kaufen würde, und blickte sie nun eher ängstlich an.

Myrra hob beschwichtigend die Hände, während sie überlegte, wie sie am besten vorgehen sollte. Ob sie den Mann wohl verschrecken würde, wenn sie einfach direkt fragte? Und wem würde er von ihrer Suche erzählen? Aber eine Magierin, die auf dem Pferdemarkt nach Schäfern fragte, würde ohnehin jede Menge Aufmerksamkeit auf sich ziehen, das würde sie nicht verhindern können.

„Ich suche eine Frau. Sie kam vor einigen Jahren aus Spero und hat einen Schäfer von hier geheiratet", teilte sie ihm mit. „Davor war sie Lehrling eines Magiers." Als der Mann nicht sofort antwortete, fragte sie: „Kennt Ihr vielleicht eine Frau, auf die das zutrifft?"

Wobei sie sich eigentlich ganz sicher war, dass eine Schülerin der Magie, die einen Schäfer heiratete, in den Kreisen einfacher Leute genug Aufsehen erregt hatte, um unter ihnen bekannt zu sein.

„Ich komme aus einem weiter entfernten Küstendörfchen, ich weiß davon nichts", antwortete der Schäfer mit gesenktem Blick.

„Könnt Ihr mir dann einen der einheimischen Schäfer zeigen?", fragte Myrra. So schnell ließ sie sich nicht entmutigen, der Markt war schließlich noch groß. Irgendjemand hier musste etwas wissen.

„Am besten versucht Ihr es bei Meister Eberhard. Er handelt mit Schafen und Ziegen. Ein elender Halsabschneider ist das, aber sicher kennt er jeden Schäfer in der Umgebung." Der Mann spuckte bei dem Namen verächtlich aus und deutete quer über den Markt.

Myrra bedankte sich und drückte dem Mann einige Münzen in die Hand, was sein Gesicht augenblicklich wieder leuchten ließ.

Myrra wandte sich in die angegebene Richtung. Nach wenigen Schritten traf sie auf Zanna, die gerade von einer Gruppe Pferde zurücktrat, die sie begutachtet hatte.

„Na, schon Glück gehabt?", fragte sie.

„Nein, aber ich wurde an einen Händler verwiesen, der die Schäfer der Umgebung wohl gut kennt."

Zanna nickte zustimmend und folgte Myrra über den Markt zum Pferch des Händlers. Hier herrschte reges Gedränge am Zaun und der Händler war unschwer auszumachen, denn er war umringt von Käufern.

„Die fettesten und kräftigsten Schafe! Zum besten Preis auf dem Markt!", schrie er über die Köpfe der Leute.

Vergeblich versuchten Myrra und Zanna sich bis zu ihm durchzukämpfen. Doch die Menschen in der Menge achteten nicht auf sie und setzten ihre Ellenbogen ein, um einander aus dem Weg zu drängen. Schließlich packte Zanna Myrra am Ellenbogen und zog sie zurück.

„Die Meisterin hier muss mit dem Händler Eberhard sprechen!", rief sie dann so gebieterisch wie möglich über die Menge. Nach und nach verstummte das Geschrei und die Leute blickten sich nach ihnen um. Myrra fühlte sich äußerst unwohl unter den Blicken der Leute, musste aber zugeben, dass es ein äußerst wirksames Vorgehen war.

Obwohl sie sich lieber versteckt hätte, schritt sie nun durch die Menge auf Meister Eberhard zu und baute sich vor ihm auf, dann wiederholte sie die Frage, die sie schon dem Schäfer gestellt hatte.

Der Mann deutete zwar eine Verbeugung an, als sie ihn ansprach, plusterte sich dann aber auf. Er war nur unwesentlich älter als Myrra und hätte als gutaussehend bezeichnet werden können, wenn sein Gesicht und sein ganzes Gehabe nicht so verschlagen gewesen wären.

„Ich kenne eine Frau, auf die Eure Beschreibung passt", sagte er mit einem schleimigen Grinsen und streckte ihr gleichzeitig auffordernd die Handfläche entgegen. Myrra ignorierte sie demonstrativ und blickte ihn fragend an. Sein Gesicht verfinsterte sich. „Es ist die Frau von Meister Aaron, die Ihr sucht."

„Und wo finde ich Meister Aaron und seine Frau?"

Nun blickte er sie böse an und zog die Hand zurück, traute sich aber nicht, einer Magierin nicht zu antworten.

„Sie leben auf einem Hof einen halben Tagesritt östlich der Stadt an der Küste."

Myrra nickte, zog eine Münze aus der Tasche und reichte sie ihm. Dem Schäfer mit seinen mickrigen Schafen hatte sie das Geld gern gegeben, aber dem Händler hätte sie am liebsten nur den Rücken gekehrt, ohne sich für seine widerwillig gegebene Hilfe erkenntlich zu zeigen.

Kaum berührte das Geld seine Hand, erschien das schleimige Lächeln wieder und er deutete eine Verbeugung an. Doch Myrra hatte sich schon von ihm abgewandt und marschierte in Richtung Gasthaus zurück.

„Danke für deine Hilfe", sagte sie zu Zanna, die grinsend neben ihr ging und legte ihr die Hand auf den Unterarm. „Wirst du mich auch zu Meister Aarons Hof begleiten?"

„Natürlich, ohne mich würdest du doch schon auf den ersten Metern verlorengehen." Zanna lachte.

Myrra lachte mit ihr, atmete aber auch erleichtert auf. Sie traute sich selbst nicht zu, allein auf der Straße zurechtzukommen.

KAPITEL 21

Der Weg an der Küste entlang war nicht weniger beschwerlich, als ihre Reise von Spero nach Quaria. Vom Meer her wehte ihnen starker Wind um die Ohren, aber sie wagten nicht weiter im Landesinneren zu reisen, da sie sonst fürchteten, an Meister Aarons Hof vorbeizureiten. Wenigstens hatte Myrra sich mittlerweile an das Reiten gewöhnt, sodass ihr nicht schon nach wenigen Meilen alle Knochen weh taten.

Tatsächlich genoss sie den Ritt sogar. Sie waren am frühen Morgen aufgebrochen und hatten mit den ersten Reisenden das Stadttor passiert. Seitdem ritten sie auf dem wenig frequentierten Küstenweg entlang. Weit unten, am Fuß der steilen Kalksteinküste, brandeten die Wellen an den Strand und über ihren Köpfen hörten sie die Schreie der Möwen. Obwohl die Hauptstadt Urbia ebenfalls am Meer lag, hatte Myrra selten die Gelegenheit, die Stadt zu verlassen und die Schönheit der Küste zu bewundern.

Der Mittag rückte immer näher und langsam fürchtete Myrra, dass sie Meister Aarons Hof doch verfehlt hatten, als sie in der nächsten Senke eine große Herde Schafe ausmachen konnten.

„Am besten wir fragen den Schäfer nach dem Weg. Vielleicht ist es sogar Meister Aaron", sagte Zanna und drehte sich im Sattel zu Myrra um.

Sie verließen die Straße und ritten weiter über die sanft geschwungene Fläche. Vorsichtig näherten sie sich den Schafen und wurden sofort von drei laut bellenden Hunden in Empfang genommen, die mit ihrem weißen Fell von weitem selbst wie Schafe ausgesehen hatten. Sie zügelten die Pferde und wagten es nicht abzusteigen, während ihre Reittiere von dem wütenden Gebell der Hunde immer nervöser wurden.

Endlich sahen sie, wie ihnen vom anderen Ende der Herde jemand entgegenkam. Gegen den Wind, der von der See her wehte, nach vorne gebeugt und mit einem breitkrempigen Hut auf dem Kopf, konnten sie das Gesicht des Schäfers erst ausmachen, als er nur noch wenige Schritte von ihnen entfernt war. Die Hunde hörten sofort auf zu bellen, als er sie erreichte und wandten sich auf eine Geste ihres Herren hin wieder den Schafen zu.

Der Schäfer blickte zu ihnen auf. Zanna und Myrra beeilten sich, von den Pferden zu steigen. Der Mann musste etwa in ihrem Alter sein, aber mit Sicherheit ließ sich das wegen des Schattens der breiten Hutkrempe und des mächtigen Barts nicht sagen. Er sprach nicht und blickte sie einfach nur abwartend an. Myrra räusperte sich und blickte kurz zu Zanna hin.

„Guten Tag", grüßte sie den Mann. „Wir suchen Herrn Aaron und seine Frau. Könnt Ihr uns den Weg zu ihrem Hof weisen?"

„Ich bin Aaron. Was wollt Ihr von mir und meiner Frau?", fragte der Mann mit ruhiger Stimme und lehnte sich auf seinen Hirtenstab.

„Wir möchten mit Ihrer Frau sprechen, darüber, warum sie die Gilde verlassen hat und was damals vorgefallen ist", antwortete Myrra. „Wäre das möglich? Wir wollen weder Euch noch Eurer Frau etwas Böses."

„Warum wollt Ihr etwas darüber erfahren? Das ist lange her", sagte Herr Aaron ohne die geringste Regung.

„Die Geschichte Ihrer Frau könnte von großer Bedeutung sein. Ich würde deshalb gerne mit ihr sprechen und ihre Sicht auf die Geschichte hören", antwortete Myrra. Sie wollte dem Schäfer lieber nicht erzählen, dass die obersten Magier ihr die Ermittlung entzogen hatten und seine Frau ihre einzige Chance war, überhaupt noch etwas zu erfahren.

Der Schäfer schwieg kurz. „Sicher könnt Ihr mit Anjou reden, aber sie wird nicht glücklich darüber sein. Sie hat dieses Leben hinter sich gelassen und denkt nicht gerne daran."

Dann rief er nach seinen Hunden und sagte etwas zu ihnen, bevor er Myrra und Zanna wortlos zu verstehen gab, ihm zu folgen. Zanna und Myrra wechselten einen Blick, packten dann ihre Pferde am Zügel und folgten dem Schäfer quer durch dessen Herde. Das Meer von Schafen teilte sich vor ihnen, während ihnen die Tiere empört blökend aus dem Weg sprangen.

Der Weg war glücklicherweise nicht weit, schon auf der nächsten Anhöhe konnten sie auf ein kleines Gehöft hinunterblicken. Schweigend folgten sie dem Schäfer, der direkt darauf zu hielt.

Während sie den Hang hinunterschritten, beschlich Myrra ein eigenartiges Gefühl. Es vergingen einige Augenblicke, bis sie erkannte, dass ganz in der Nähe Magie gewirkt worden war. Das leise Schwirren in der Luft war sehr subtil und schien von überall her gleichzeitig zu kommen. Zanna blickte sie fragend an, doch Myrra konnte nur die Schultern zucken. Als sie dem Tor der hohen Mauer, die das kleine Gehöft umgab, näherkamen, stoben gackernde Hühner davon.

Hier an der Küste war das Land grüner und alles wuchs ein wenig üppiger, als im Landesinneren, doch nichts konnte sich mit dem vergleichen, was sie hinter dem Tor erwartete. Vor ihnen zeigte sich strahlend tiefes Grün durchbrochen von üppiger Blütenpracht.

Das Gefühl naher Magie nahm schlagartig zu. Myrra hielt unter dem Tor und ließ den Blick über den Garten schweifen, der sich zwischen der Mauer und den Gebäuden erstreckte.

Der Schäfer war stehengeblieben und beobachtete seine ungebetenen Gäste. „Ihr könnt Eure Pferde hinter dem Schuppen anbinden. Ich werde meine Frau suchen."

Myrra und Zanna bestaunten noch immer mit offenen Mündern die grüne Pracht. Gerade, als Myrras Blick auf einen kleinen Zitronenbaum fiel, öffneten sich seine Knospen schlagartig zu üppigen Blüten.

Sie führten die Pferde zum Schuppen. Als sie sich umdrehten, winkte ihnen der Schäfer schon in der Tür zum Wohnhaus zu. Myrra sah noch einmal zu Zanna hin, die aufmunternd nickte und strich sich über die Robe, bevor sie der Aufforderung von Herrn Aaron folgte und durch die Tür trat.

Durch die Haustür gelangten sie in eine überraschend geräumige und helle Küche, die von einem Eichentisch in ihrer Mitte dominiert wurde. Am Herd in der Ecke stand eine Frau, nur wenige Jahre älter als Myrra. Sie war klein, schlank und hatte weizenblondes Haar, das sich offen bis auf ihre Schultern ringelte. Die Stirn ihres freundlichen Gesichts zog sich in Falten, als Aaron zu ihr trat und leise auf sie einsprach. Sie richtete den Blick auf Myrra, die sich beeilte, ihr entgegenzutreten.

„Ich möchte Euch ein paar Fragen stellen, zu Eurer Zeit in der Gilde", fing Myrra an. „Wäre das in Ordnung?"

Anjou sah sie einen Moment lang nur an, nickte dann aber und bedeutete Myrra und Zanna, Platz zu nehmen. Myrra überlegte, wie sie am besten anfangen sollte.

„Ich bin in Spero Eurem ehemaligen Lehrlingskollegen Falsus begegnet", begann Myrra. Anjou, die ihr gegenübersaß, verzog keine Miene.

„Ich habe ihn unter anderem in Verdacht, der Zauber, die er angeblich wirkt, nicht fähig zu sein."

Anjou senkte den Blick auf die Tischplatte und lächelte.

„Da vermutet Ihr richtig", sagte sie. Mehr nicht.

„Also kann er tatsächlich keine Magie wirken?"

Anjou seufzte. „Gar nicht kann man nicht sagen. Es war immerhin genug, um in die Gilde aufgenommen zu werden."

Sie stand auf und werkelte mit einigen Töpfen in der Spüle herum.

„Was genau wollt Ihr hier? Hat das etwas mit der Ermordung von Fero zu tun?", fragte sie dann, während sie ihnen noch immer den Rücken zukehrte.

„Ja", antwortete Myrra und entschloss sich aufs Ganze zu gehen. „Er wurde ohne Magie getötet. Von jemandem, den er wohl gut kannte oder dem er sogar vertraute und der in seinem Haus ein und aus ging."

„Und nun vermutet Ihr, es wäre Falsus gewesen." Keine Frage, nur eine Feststellung.

„Ja, es wäre doch denkbar, dass Fero ihm letztlich doch auf die Schliche gekommen ist und er eine Bloßstellung nicht riskieren konnte und wollte."

„Ich bin mir nicht ganz sicher, ob Fero nicht schon immer genau wusste, wen er da vor sich hatte", sagte Anjou leise. Bevor Myrra jedoch etwas dazu sagen konnte, fuhr sie fort: „Obwohl man es Falsus dank seines netten Gehabes niemals zutrauen würde, wenn man ihn in die Ecke drängt, wird er hinterhältig und gefährlich."

„Es wäre Eurer Meinung nach möglich? Wisst Ihr dann auch, wo ich Beweise für Falsus' Betrug finden kann?", hakte Myrra aufgeregt nach.

„Ich weiß es nicht. Das ist alles lange her und ich denke nicht oft über Fero oder Falsus nach. Ich habe das alles schon lange hinter mir gelassen." Noch immer sah Anjou sie nicht an.

Bevor Myrra genauer nachfragen konnte, was passiert war, sagte Aaron: „Vielleicht ist es jetzt besser, Ihr geht." Streng blickte er sie an. Anjou hatte ihnen nach wie vor den Rücken gekehrt und sagte kein Wort mehr. Myrra warf hilfesuchend einen Blick zu Zanna, die jedoch nur mit den Schultern zuckte.

„Habt Dank für Eure Hilfe", sagte sie enttäuscht und wandte sich zur Tür.

Myrra und Zanna machten sich auf den Weg zu den Pferden, die sie beim Schuppen zurückgelassen hatten. Myrra ließ den Kopf hängen und stapfte hinter Zanna her. Diese ganze Reise und all die Strapazen waren umsonst gewesen. Sie versuchte, sich auszumalen, wie es wohl sein würde in das Gildehaus der Hauptstadt zurückzukehren und wieder dazu verdammt zu sein, ihre Tage mit Nichtstun zu verbringen, immer darauf hoffend, dass Meister Umbero etwas für sie zu tun fand.

Sie stiegen auf die Pferde und lenkten sie in die Richtung, aus der sie nur kurz zuvor mit Herrn Aaron gekommen waren. Auf der Anhöhe umrundeten sie die Schafherde und vor allem die beiden riesigen Hunde weiträumig und kehrten auf den Küstenweg zurück, der sie nach Quaria zurückbringen würde. Sie ritten schweigend dahin. Zanna warf Myrra immer wieder besorgte Blicke von der Seite her zu und setzte mehrmals dazu an, etwas zu sagen.

Während Myrra noch immer schweigend vor sich hin brütete, erreichten sie Quaria. Selbst als sie sich im Gasthaus zum Abendessen setzten, war Myrra noch immer niedergeschlagen. Sie starrte auf die Platte mit gebratenem Fleisch und musste sich eingestehen, dass sie nicht einfach so aufgeben konnte. Sie war nicht auf einem Pferd nach Quaria geritten und hatte sich dabei fast verirrt, um nun brav nach Urbia zurückzukehren und alles auf sich beruhen zu lassen.

„Nimm es nicht so schwer. So ist die Welt nun mal, Dinge gehen nicht immer gut aus."

Myrra schaute von der Platte mit dem Braten auf und blickte in Zannas Gesicht, die sie mit leicht geneigtem Kopf und großen Augen mitleidig ansah. Vermutlich hatte sie recht. Doch Myrra war sich sicher, sie war in dieser Sache im Recht, das musste doch etwas wert sein. Aber was konnte sie tun? Ohne Beweise würde ihr niemand zuhören.

Myrra rang sich ein Nicken ab, da Zanna sie immer noch besorgt beobachtete und wandte sich wieder dem Essen zu.

KAPITEL 22

Drei Tage später stand Myrra vor dem milchigen Spiegel über dem Waschtisch ihres Zimmers in einem zweitklassigen Gasthaus nahe der Stadtmauer von Spero. Erst spät abends am Tag zuvor, hatte sie es in die Stadt der Magier zurückgeschafft. Gerade noch rechtzeitig, bevor die Tore geschlossen wurden, war sie angekommen.

Kurz zuvor hatte sie sich von Zanna an der Postkutschen-Station verabschiedet. Es war ihr schwergefallen allein zur Stadt zu reiten. Ohne Zanna, die ihr Rückendeckung gab und die immer zu wissen schien, was zu tun war, hatte sich ein Gefühl von Verlorenheit eingestellt.

Sie konnte nicht in das Gildehaus zurück und hatte sich deshalb im nächsten Gasthaus einquartiert, an dem sie vorbeigekommen war. Nach dem kargen Frühstück, das hier serviert wurde, überlegte sie, was sie nun tun sollte. Sie hatte sich über die Anweisungen des Rats hinweggesetzt und den Weg nach Quaria gefunden.

Sie hatten sie aufgehalten, als sie auf dem besten Weg war Informationen zu finden. Sie musste noch einmal dorthin zurückgehen, auch wenn der Rat es ihr ausdrücklich verboten hatte. In das Archiv der Gilde.

Doch wie um alle Welt sollte sie dort hineinkommen? Es drängte sie dorthin zurückzugehen, gerade weil man sie daran gehindert hatte. Doch sie hatte nicht den leisesten Schimmer, wie sie vorgehen sollte. Und selbst wenn sie Erfolg hatte, was dann? Sie wusste nicht einmal, ob Meister Umbero schon wieder in der Stadt war, außerdem bezweifelte sie, dass er ihr tatsächlich helfen konnte. Sicher würden ihn die obersten Magier scharf im Auge behalten.

Sie musste einen anderen Weg ins Archiv finden. Doch wie sie es drehte und wendete, ihr wollte nichts einfallen. Was sie hier plante, war ein Einbruch und gesetzeswidrig. Zu so etwas fehlten ihr nicht nur der nötige Mut, sondern auch die nötigen Fähigkeiten. Und mit erfahrenen Einbrechern verkehrte sie nun nicht gerade. Es gab keinen einzigen, den sie kannte und sie hatte keine Ahnung, wie man gedungene Diebe und Mörder ausfindig machte oder gar anheuerte.

Kurz überlegte sie sich mit Magie Zugang zu verschaffen, verwarf diesen Gedanken aber wieder. Über die Rückstände ihrer Magie an den Schlössern und in Omnipa wäre die Spur viel zu leicht zu ihr zurückzuverfolgen. Sie musste ohne Magie einen Weg hineinfinden.

Die einzigen Menschen, bei denen sie wusste, dass sie mit derlei Dingen Erfahrung hatten, waren Hector und Yadiel und damit ihre einzige Chance, einen Weg in das Archiv zu finden.

Allerdings würde sie sie in Gefahr bringen. Ihr würde wahrscheinlich nicht viel passieren, wenn sie erwischt wurden, aber den beiden würde das Gefängnis drohen.

Sie musste sie dennoch aufsuchen, denn eine andere Möglichkeit gab es nicht. Auch wenn sie nicht bereit waren, das Risiko auf sich zu nehmen, so hatten sie vielleicht Wissen, das ihr weiterhelfen würde.

Sie wandte den Blick vom Spiegel ab und schaute an ihrer Robe hinunter. Vielleicht sollte sie zuerst das Zimmermädchen um ein paar Kleider bitten. Wenn sie in ihren Magierroben durch die Straßen ging, erregte sie zu viel Aufmerksamkeit und wenn erneut eine Magierin in Hectors Gasthaus auftauchte, würde diese Nachricht bestimmt die Ohren des Rates der obersten Magier erreichen.

Nicht einmal eine Stunde später trat sie vor dem Gasthaus auf die Straße. In dem blauen, ausgewaschenen Kleid des Zimmermädchens fand sie sich äußerst unauffällig und versuchte, sich daran zu erinnern, wann sie zuletzt etwas anderes als Magierroben getragen hatte. Schon nach wenigen Schritten musste sie sich allerdings eingestehen, dass es durchaus Vorteile mit sich brachte, als Magierin erkannt zu werden. Niemand trat mehr für sie zur Seite. Ganz im Gegenteil, wenn sie den Passanten und Fuhrleuten nicht schnell genug aus dem Weg sprang, erntete sie böse Blicke und laute Flüche. „Bei Omnipas Arsch! Geh doch aus dem Weg!", brüllte ihr ein Fuhrmann zu, nachdem er sie fast umgefahren hatte. Myrra versuchte, sich näher am Straßenrand zu halten, und setzte ihren Weg zu Hectors Schänke fort.

Als sie bei der Schänke und der Schmiede angekommen war, blieb sie zögernd davor stehen. Wie sollte sie die beiden nur um einen solchen Gefallen bitten? Im Grunde hatte keiner von ihnen einen Grund ihr zu helfen. Nicht einmal Yadiel.

Was sollte sie nur zu ihm sagen? Wie er wohl über sie dachte, nachdem was zwischen ihnen gewesen war? Hätte sie doch nur mehr Erfahrung in solchen Dingen gehabt.

Doch nun war sie schon einmal hier. Sie nahm all ihren Mut zusammen und steuerte die Schmiede an. Rauch trat aus dem großen Schornstein, demnach war die Esse schon an. Und tatsächlich, als sie unter die Tür trat, schlug ihr die Wärme, die von der Glut ausging, entgegen. Dennoch trat sie in das im Vergleich zum strahlenden Sonnenlicht schummrige Innere der Schmiede. Sobald sich ihre Augen an das fehlende Licht gewöhnt hatten, blickte sie sich suchend um.

Yadiel stand neben dem riesigen Blasebalg und hatte der Tür den Rücken zugekehrt. Er schien ihr Eintreten nicht bemerkt zu haben. Myrra zögerte kurz, dann räusperte sie sich vernehmlich. Yadiel fuhr erschrocken herum. Das Erste, was Myrra auffiel, war das Veilchen an seinem linken Auge. Sie eilte durch die Schmiede.

„Was ist passiert?", fragte sie bestürzt.

„Myrra, was tust du hier?"

„Ich wollte dich um Hilfe bitten. Aber was ist passiert?", fragte sie noch einmal.

„Ich wurde verhaftet und verhört, wegen des Verdachts, den die Magiergilde gegen mich hegt."

Myrra bemerkte nicht, wie ihr der Mund offenstand und sie die Hand davorhielt, während sie Yadiel anstarrte. Sie hatte den obersten Magiern mehr als deutlich gesagt, dass es Beweise für Yadiels und Hectors Unschuld gab und sie bestimmt nicht von den Gewürzhändlern für die Ermordung von Fero angeheuert worden waren.

„Was?", fragte sie atemlos.

„Hector ist noch immer im Kerker", antwortete Yadiel.

„Aber er ist doch unschuldig", stammelte Myrra.

„Das interessiert doch niemanden. Die Obrigkeit wollte jemanden verhaftet sehen für diesen Mord, also wurde jemand verhaftet. Er hat außerdem gestanden, damit ich freikomme. Ihm droht nun die Hinrichtung", antwortete Yadiel mit bitterer Stimme.

„Oh, Yadiel, das tut mir leid. Damit hatte ich nichts zu tun, das musst du mir glauben. Ich habe den obersten Magiern gesagt, dass ihr unschuldig seid. Leider haben sie mir nicht geglaubt", versicherte Myrra.

Yadiel nickte und wandte sich ab. „Du wolltest meine Hilfe?"

„Ja, ich bin immer noch auf der Suche nach Beweisen für Falsus' Betrug. Ich bin mir fast sicher, ich könnte welche im Archiv des Gildehauses finden, aber dort wird mich niemand reinlassen. Man hat mich von der Ermittlung ausgeschlossen und mich in die Hauptstadt zurückgeschickt. Ich dürfte eigentlich gar nicht hier sein." Während sie sprach, hatte Yadiel den Blasebalg losgelassen und sich wieder zu ihr umgedreht.

„Wenn sie Falsus des Betrugs überführen und das Motiv für den Mord an Fero erkennen, entlastet das Hector", fügte Myrra hinzu.

„Du willst in das Archiv der Magiergilde einbrechen?", fragte Yadiel ungläubig.

„Es ist der einzige Weg! Ohne Beweise steht mein Wort gegen Falsus', und wir haben bereits deutlich zu spüren bekommen, dass sie mir nicht glauben!"

„Hast du eine Ahnung, was die machen, wenn sie uns erwischen?"

„Das will ich mir lieber nicht vorstellen", antwortete Myrra kleinlaut. „Du wirst mir also nicht helfen?", fragte sie dann, als er nicht weitersprach.

„Natürlich werde ich dir helfen!"

„Gut." Erleichterung durchströmte Myrra. „Wie gehen wir vor? Wann legen wir los?"

Yadiel warf ihr einen bösen Blick zu. „Nicht, bevor es dunkel wird."

„Oh, in Ordnung."

„Was genau suchen wir dort? Ich meine, wird es schwer zu tragen sein?"

„Nein, nein. Es ist nur ein Schriftstück."

„In Ordnung. Am besten kommst du bei Sonnenuntergang wieder hierher. In dunkler Kleidung", sagte Yadiel mit Blick auf ihr himmelblaues Kleid.

„Gut, nur einen Moment noch", sagte Myrra und griff nach Yadiels Hand.

Sie brauchte nur wenige Augenblicke, um ihn zu heilen. Außer dem blauen Auge und ein paar geprellten Rippen, fehlte ihm nichts. Dennoch hielt sie die Augen noch ein bisschen länger geschlossen und genoss das warme Gefühl von seiner Hand. Dann sah sie ihn an. Er umschloss ihre Finger mit seinen und drückte sie kurz.

Ihre Brust war voll mit Worten, die sie ihm sagen wollte, doch als sie in seine Augen blickte, war keines davon nötig.

„Wir werden Hector da wieder herausholen und alles richtigstellen", versicherte sie ihm.

Er nickte und wandte sich wieder der Esse zu. Myrra blickte ebenfalls kurz in die Glut. Wie immer faszinierte sie das Spiel der Flammen, das sich beruhigend auf sie auswirkte. Dann riss sie ihren Blick los, schaute noch einmal zu Yadiel und wandte sich dann zur Tür. Obwohl sie eigentlich schlechte Nachrichten erhalten hatte, fühlte sie sich wesentlich besser und zuversichtlicher als vor ihrem Besuch in der Schmiede.

KAPITEL 23

Myrra war es nur recht, dass die Nachtwächter mit dem Anzünden der Laternen spät dran waren, sodass die abendliche Dunkelheit in den Straßen immer mehr zunahm. So würde hoffentlich niemand sehen, wie Myrra in ihren dunkelsten Magierroben durch die Straßen schlich.

Ihr Herz klopfte bis zum Hals und sie hatte die Augen weit aufgerissen, in dem Versuch, im Dämmerlicht zu sehen. An jeder Biegung der Straße befürchtete sie, jemandem zu begegnen. Aber sie schaffte es völlig ungesehen bis zur Schmiede. Als sie ankam, brannte noch immer Licht. Eiligst griff sie nach dem Holz des für die Nacht geschlossenen Tores und schlüpfte hindurch, um von der Straße herunterzukommen. Im Inneren blickte sie sich wegen des Lichts blinzelnd um. Die Schmiede war leer und die Esse aus.

„Hallo?"

„Hier", antwortete Yadiel aus dem Wohn-bereich.

Myrra eilte zu ihm. Yadiel schnürte gerade ein kleines Lederbeutelchen zu, als sie zu ihm trat.

„Bist du soweit? Und bist du dir sicher, dass du das wirklich tun willst?", fragte er und blickte ihr ins Gesicht.

„Jaja, ich bin mir sicher. Und ich bin mir auch des Risikos bewusst", fügte sie hinzu, als er sie nur weiter mit hochgezogenen Augenbrauen an-sah.

„Also gut, dann lass uns gehen." Er schnappte sich sein Lederbeutelchen und ging zur Tür.

Es war nun noch dunkler, als auf ihrem Weg vom Gasthaus hierher, aber mittlerweile waren die Laternen angezündet worden. Sie legten den Weg bis zum Gildehaus schweigend zurück. Die Straßen waren noch immer so gut wie leer, sodass sie nur wenigen Menschen begegneten, die sich nur für ihre eigenen Belange interessierten. An der letzten Straßenecke hielt Yadiel Myrra auf, als sie weitergehen wollte.

„Warte, lass mich erst sehen, ob die Straße leer ist", sagte er, während er um die Ecke lugte.

Er beobachtete die nächtliche Straße vor dem Gildehaus für einige Augenblicke, dann winkte er sie weiter. Leicht geduckt schlichen sie sich auf das Gelände. Sie erreichten die Auffahrt und durchquerten die mondbeschienenen Gärten. Es war ein merkwürdiges Gefühl, sich im Dunkeln über das Grundstück der Gilde zu schleichen und Myrra erschien alles sehr surreal.

Je näher sie kamen, desto bedrohlicher ragte das Gildehaus vor ihnen auf. Yadiel ließ den Blick über die Fassade wandern und deutete auf eine kleine Seitentür ganz in ihrer Nähe. Hastig legten sie die letzten Schritte zurück, die sie davon noch trennten.

Myrra legte eine Hand auf das Holz und lauschte angestrengt in sich hinein, konnte aber keinerlei Magie wahrnehmen. Es wunderte sie nicht. Warum Energie für einen Schutzzauber verschwenden, für ein Gebäude, in das einzubrechen ohnehin keiner wagen würde? Außerdem gab es im Gildehaus kaum etwas Stehlenswertes, mit dem Nichtmagier etwas anfangen konnten.

Sie nickte Yadiel zu, der vor der Tür in die Knie ging und sein kleines Lederbeutelchen zückte.

Während er mit feinen Werkzeugen im Schloss stocherte, ließ Myrra den Blick über die Gärten schweifen und wurde immer nervöser. Ihre Geduld schwand immer mehr und schon wollte sie Yadiel zur Seite schieben und versuchen, die Tür mit Magie zu öffnen, da klickte das Schloss leise. Yadiel erhob sich und öffnete die Tür vorsichtig mit einer Hand, während er Myrra mit der anderen hinter sich in Deckung schob. Sie warteten einige Augenblicke und lauschten durch die geöffnete Tür, dann traten sie so leise wie möglich hinein.

In den Gängen des Gildehauses brannten keine Lichter und das Mondlicht, das durch die Fenster fiel, reichte kaum aus, um wenige Schritte weit zu sehen. Sie schlossen die Tür und lauschten noch einmal angestrengt. Als sie nichts hörten, wies Myrra den Weg zu den Treppen nach unten in das Archiv im Keller.

Die dicken Teppiche in den Gängen schluckten jedes Geräusch ihrer Füße, machten es aber auch schwer, Entgegenkommende rechtzeitig zu hören. Sie schlichen an der Wand entlang und hielten lauschend an jeder Ecke. Auf diese Weise brauchten sie viel länger als gewöhnlich, um die Treppen in die Kellerstockwerke zu erreichen.

Als sie die Eingangshalle, an deren Rückseite ihr Weg nach unten führte, zur Hälfte durchquert hatten, hörten sie Schritte auf dem Marmorboden. Hektisch blickten sie sich um, sie hatten keine Zeit, zurückzugehen. Jeden Moment würde jemand aus dem Gang gegenüber kommen und im Mondlicht, das durch das Deckenlicht fiel, waren sie gut zu sehen. Myrras Herz schien einen Schlag auszusetzten, um dann in doppelter Geschwindigkeit weiterzuschlagen. Stocksteif blieb sie stehen.

Yadiel packte sie am Arm und schubste sie zur Seite hinter den Sockel einer der Büsten bedeutender Magier der Vergangenheit. Myrra krallte die Finger in seinen Arm und zog ihn mit sich hinunter. Sie handelte eher instinktiv denn überlegt, als sie einen Zauber über sie beide legte, der sie in vollkommene Finsternis hüllte. In diesem Moment kam der Dienstbote in die Halle. Wenn er nicht allzu aufmerksam war, würde er ihre mit den Schatten verschmolzenen Umrisse nicht wahrnehmen.

Tatsächlich ging er an ihnen vorbei und verschwand im Korridor gegenüber. Myrra ließ den Zauber verklingen und versuchte ihr jagendes Herz zu beruhigen. Sie hoffte nur, dass er in ihrer Panik nicht viel zu stark geworden war, sodass er einem der anderen Magier im Gebäude aufgefallen war. Yadiel löste sich aus ihrem Griff und trat hinter der Büste hervor.

„Das war beeindruckend. Sehr nützlich für einen Einbruch. Schon einmal darüber nachgedacht, Dieb zu werden? Wir könnten in kürzester Zeit reich werden", flüsterte er aufgeregt.

„Nein, könnten wir nicht. Meister Umbero würde jedem zaubernden Dieb sofort auf die Schliche kommen", widersprach Myrra und trat mit zitternden Knien neben ihn.

Schnell huschten sie lautlos durch die Eingangshalle auf die Treppen zum Archiv zu und erreichten sie dieses Mal ohne Zwischenfälle.

KAPITEL 24

In dem schwachen Licht der einen Kerze, die sie gewagt hatten anzuzünden, waren die Pergamentrollen im Regal kaum zu erkennen. Myrra konnte nicht mehr sagen, wie viele sie in der letzten Stunde in der Hand gehabt hatte. Mit jeder weiteren der beigefarbenen Rollen mit den roten Kordeln, die die Aufzeichnungen der Prüfungen markierten, sank ihre Hoffnung, doch noch etwas Brauchbares zu finden. Yadiel hatte nach einer Weile ebenfalls angefangen, Pergamentrollen hervorzuziehen und sie Myrra hinzuhalten, wenn er sie für vielversprechend hielt, doch sie schüttelte jedes Mal enttäuscht den Kopf, sobald sie den Inhalt überflogen hatte.

Sie hatten schon mehrere Regale in der entsprechenden Abteilung abgearbeitet und langsam wuchs in Myrra die Befürchtung, dass es hier keine Beweise gab oder dass Falsus sie hatte verschwinden lassen. Sie hatten sich bis zu den letzten Regalen in dieser Reihe vorgearbeitet. Erst sechs Tage zuvor war Myrra genau hier gewesen und hatte nach den Prüfungsaufzeichnungen von Meister Feros Lehrlingen gesucht.

Sie versuchte ihrer wachsenden Verzweiflung Herr zu werden und zog weiter eine Pergamentrolle nach der anderen aus dem Regal. Dann plötzlich hatte sie sie in der Hand und hätte sie beinahe wieder zurück ins Regal gelegt, weil die Rollen schon vor einer Weile angefangen hatten alle gleich auszusehen. Im letzten Augenblick wurde sie Anjous Namen und des Datums gewahr, die ganz oben auf dem Pergament standen. Kurz überflog sie den Inhalt des Schriftstücks, dennoch erfasste sie schon nach wenigen Sätzen die Komplexität des Zaubers. Es handelte sich bei der Rolle nur um eine kurze Zusammenfassung für eine Zwischenprüfung, allerdings war der Zauber überdurchschnittlich komplex und weit über dem üblichen Niveau eines Lehrlings.

Dann ging sie einige Schritte zum vorherigen Regal zurück und nahm eine andere Rolle hervor, die sie kurz zuvor entdeckt hatte, rollte sie auf und verglich das Datum. Es stimmte, Anjous Zusammenfassung entstand viel früher, als Falsus' erste volle Prüfung, in der er die Erstellung genau desselben Zaubers angab. Der praktische Teil war eine Begutachtung der Gärten des Gildehauses gewesen, in denen noch die Resultate von Anjous Versuchen zu sehen gewesen sein mussten. Myrra schüttelte den Kopf, es war unverständlich, wie Falsus damit hatte durchkommen können. Am Datum erkannte sie, dass Anjou die Stadt kurz nach Falsus' Prüfung verlassen haben musste.

„Ist es das?", fragte Yadiel flüsternd und blickte ihr über die Schulter.

„Ja", hauchte Myrra. Obwohl sie gewusst hatte, was sie vorfinden würde, war es erschütternd, es tatsächlich schwarz auf weiß zu sehen.

„Gut, dann nichts wie raus hier", sagte Yadiel und blies die Kerze aus, bevor er sich zu den Treppen wandte.

„Gleich morgen früh war eine Sitzung des Rates geplant. Ich hoffe, das hat sich nicht geändert, so kann ich ihnen die Rollen gleich vorlegen", flüsterte Myrra in die Richtung, wo Yadiel gerade eben noch gestanden hatte.

„Du gehst zurück. Ich werde zurückkommen und im Archiv warten bis zur Versammlung", flüsterte sie dann weiter, während sie sich auf den Weg zurück zur Eingangshalle machten.

„Bist du dir sicher? Werden sie nicht fragen, wie du an die Beweise gekommen bist?", fragte Yadiel, als sie sie erreicht hatten.

„Ja, aber Meister Umbero wird mich unterstützen. Hoffentlich ist er schon zurück. Ihm wird sicher etwas einfallen. Und selbst wenn er noch nicht da ist, so sollten die Beweise mein Vorgehen rechtfertigen."

Sie eilten den Flur zur Seitentür hinunter, durch die sie in das Gildehaus gelangt waren. Yadiel öffnete die noch unverschlossene Tür und trat auf die Schwelle.

„Viel Glück", wünschte er Myrra leise.

„Dir auch. Pass auf." Sie sah ihm einen kurzen Augenblick nach, bevor sie so leise wie möglich die Tür schloss und wieder verriegelte. Dann griff sie noch einmal nach den Pergamentrollen in ihrer Robe und machte sich auf Zehenspitzen auf den Weg zurück ins Archiv hinab.

KAPITEL 25

Myrra strich sich zum wiederholten Mal Haar und Robe glatt und hielt in ihrem Hin- und Hergehen inne, um die Treppe hinauf zu lauschen. Der Morgen graute und die obersten Magier waren kurz davor, sich zur Versammlung zu treffen.

Myrra hielt die Schriftstücke umklammert. Sie hoffte nur, ihre feuchten Hände würden die Tinte nicht verwischen. Dann atmete sie lange tief aus, richtete sich auf und ging die Treppe hinauf.

Sie erreichte die Eingangshalle wenige Augenblicke später und fand sie bis auf ein paar Dienstboten leer vor. Die obersten Magier befanden sich fast alle schon in der großen Halle, wie sie durch das geöffnete Portal sehen konnte. Gerade sah sie noch Meister Sulfus durch den Türbogen gehen und neben ihm stand Meister Umbero. Myrra stieß ihren angehaltenen Atem aus und schickte ein kleines Dankesgebet an Omnipa. Dann beeilte sie sich in die große Halle zu gelangen, bevor die Tür geschlossen wurde.

Sobald sie unter die Tür trat, spürte sie, wie sich sofort aller Augen auf sie richteten. Sie versuchte, sich nicht beirren zu lassen und das unangenehme Gefühl zu ignorieren.

„Was geht hier vor?", fragte Meister Trevor, kaum dass sie die große Tafel erreicht hatte. „Ihr solltet zurück nach Urbia gehen!"

„Meister Trevor, nun lasst sie ihr Anliegen doch erst einmal vortragen", antwortete Meister Umbero, dessen Gesicht sich bei ihrem Anblick sofort aufhellte und winkte Myrra nach vorn an die Tafel.

„Meister Umbero, der Fall ist doch bereits abgeschlossen. Es wurde ein Verdächtiger verhaftet, der gestanden hat."

„Wir werden die Umstände, unter denen es zu diesem zweifelhaften Geständnis gekommen ist, prüfen. Doch zuerst sollten wir Myrra anhören", wiederholte Meister Umbero.

Sie reichte ihm die Schriftrollen und erklärte den obersten Magiern mit zitternder Stimme, was sie gefunden hatte und welche neue Sicht sich daraus auf Meister Feros Ermordung ergab. Nach ihrem Bericht herrschte kurz vollkommene Stille in der Halle.

„Das ist unerhört! Das ist Betrug!", wetterte dann ein älterer Magier und war vor Empörung aus seinem Stuhl gesprungen.

„Wie hatte das Meister Fero nur entgehen können", rief nun auch Meisterin Superbia. „Falsus muss sofort festgenommen und verhört werden! Und selbstverständlich muss er unverzüglich aus der Gilde verstoßen werden!" Ihren Worten folgte zustimmendes Nicken rund um die Tafel.

Sie schickten sofort Magier los, mit dem Auftrag, Falsus zu suchen, festzunehmen und zum Gildehaus zu bringen.

„Diese Sache ist nicht gut für den Ruf der Gilde. Am besten verlässt nie ein Wort darüber diesen Saal! Wenn das dem König zu Ohren kommt, wird er seine Drohungen wahr machen und die Gilde auflösen!", sagte der ältere Magier, der nach Myrras Rede zuerst gesprochen hatte. Eindringlich blickte er in die Runde. Die obersten Magier an der Tafel schwiegen betreten und nickten stumm.

Damit wurde die Versammlung aufgehoben und die Ratsmitglieder eilten, so schnell sie konnten, und ohne weitere Worte aneinander zu richten, aus der Halle.

„Wo gehen alle hin?", fragte Myrra. „Wird Falsus nicht sofort befragt werden?"

„Sicher, aber nicht von den obersten Magiern. Die wollen mit dieser peinlichen Angelegenheit nichts weiter zu tun haben. Nicht, dass am Ende noch die Frage auftaucht, ob das ein Einzelfall war, oder ob es noch mehr solcher Fälle in der Gilde gibt", antwortete Meister Umbero resigniert. „Falsus' Befragung wird wohl unsere Aufgabe sein", fuhr er fort, als sie allein in der Halle zurückgeblieben waren. Er klopfte Myrra auf die Schulter. „Aber ansonsten lief es ganz gut. Du hast wirklich ausgezeichnete Arbeit geleistet." Er wandte sich ebenfalls dem Portal zu.

Myrra folgte ihm, antwortete aber nicht. Noch war der Fall nicht abgeschlossen. Sie würde erst zufrieden sein, wenn Falsus seine Tat gestanden hatte. Doch etwas war noch wichtiger.

„Können wir nicht erst dafür sorgen, dass Hector freigelassen wird? Er wurde fälschlicherweise verhaftet und zu einem Geständnis gezwungen."

Meister Umbero blieb stehen und sah sie über die Schulter hinweg schräg von unten herauf an. „Sicher, wenn du von seiner Unschuld überzeugt bist. Ich werde gleich eine Nachricht zum Gefängnis schicken. Warten wir in der Eingangshalle, bis Falsus eintrifft."

Myrra nickte. Sie warteten in der leeren Eingangshalle neben der Büste, hinter der sich Myrra und Yadiel in der Nacht zuvor versteckt hatten. Lange dauerte es nicht, dann betrat Falsus, eskortiert von denselben Magiern, die Myrra aus dem Archiv geworfen hatten, die Halle. Besser gesagt, die beiden Magier rechts und links von ihm zerrten ihn an den Ellenbogen gepackt in die Halle. Meister Umbero und Myrra beobachteten, wie das Trio die Halle durchquerte, dann rief Meister Umbero einen Dienstboten herbei und schrieb eine kurze Nachricht, die er ihm für den Kerkermeister mitgab.

„Dann wollen wir mal", sagte Meister Umbero, nachdem der Dienstbote durch das Eingangstor verschwunden war.

Falsus war in ein kleineres Empfangszimmer unweit der großen Halle gebracht worden. Die beiden Magier, die ihn verhaftet hatten, hielten vor der Tür Wache.

Nur wenig Zeit war vergangen, seit Falsus in den Raum gebracht worden war. Meister Umbero und Myrra hatten nur kurz mit dem Dienstboten gesprochen, und trotzdem war schon jemand bei ihm. Meister Trevor stand dicht neben Falsus und flüsterte hektisch auf ihn ein.

Meister Umbero trat unter die Tür und Meister Trevor blickte auf. Hastig wich er von Falsus zurück und verließ eilig den Raum. Meister Umbero und Myrra mussten zur Seite weichen und schauten ihm nach. Myrra blickte den Gang noch hinunter, als er schon um die Ecke gebogen war.

Worüber hatte er mit Falsus gesprochen? Hatte Meister Trevor vielleicht die ganze Zeit von Falsus' Betrug gewusst? Was hatte er verbergen wollen, als er sie nach Urbia zurückschickte, nachdem sie dem Rat von ihrem Verdacht erzählt hatte?

Dann wandte sie sich Falsus zu, der mit hängenden Schultern am Kamin stand und sich nicht traute sie anzusehen. Meister Umbero trat weiter in den Raum hinein.

„Ich habe Meister Fero nicht ermordet!", rief Falsus aus. „Das müsst Ihr mir glauben!"

„Es sieht aber ganz so aus", widersprach ihm Meister Umbero. „Ihr seid ein Betrüger und Meister Fero ist dahintergekommen, deshalb musste er sterben."

„Das war nicht so!"

„Dann liefert einen Nachweis dafür, dass Ihr es nicht wart", forderte ihn Meister Umbero auf.

„Ich, ich …"

„Das dachte ich mir." Meister Umbero versuchte es noch einige weitere Male, doch Falsus schwieg von nun an verbissen, bis Umbero schließlich aufgab und Myrra, die schweigend zugesehen hatte, aus dem Zimmer winkte.

„Was denkst du?", fragte Myrra, kaum dass sie auf den Korridor getreten waren.

„Ich bin mir nicht sicher. Er verschweigt auf jeden Fall etwas."

„Aber warum? Was bringt ihm das jetzt noch? Was könnte schlimmer sein, als des Mordes beschuldigt zu werden?"

„Ich weiß es nicht."

KAPITEL 26

Meister Umbero und Myrra gönnten sich ein ausgiebiges Mittagsmahl im Gasthaus gegenüber des Gildehauses. Myrra war die ganze Zeit über schweigsam und stocherte in ihrem Essen herum. Immer wieder dachte sie über die Befragung von Falsus nach.

„Ob er nun gesteht oder nicht, unschuldig ist er auf keinen Fall. Ohne dich wäre er mit seinem Betrug durchgekommen. Deine Ermittlungen haben uns ein ganzes Stück weitergebracht", versuchte Meister Umbero, sie zu beruhigen, nachdem er beobachtet hatte, wie sie fast das gesamte Mahl stehenließ.

„Du hast sicher recht, aber ich war mir so sicher, dass sich mit Falsus' Verhaftung alles restlos aufklären würde. Aber nun erscheint alles eher unfertig." Myrra seufzte, während sie sich vom Tisch erhoben.

Meister Umbero klopfte ihr auf die Schulter. Auf der Straße verabschiedete sich Myrra von Meister Umbero und eilte zu ihrer Unterkunft an der Stadtmauer, um ihre Sachen zum Gildehaus zu bringen. Auch wenn niemand es ausdrücklich gesagt hatte, ging sie davon aus, dass sie dort wieder willkommen war und ihre Mitarbeit bei den Ermittlungen wieder erwünscht wurde.

Als sie bei dem Gasthaus ankam, wartete Yadiel bereits auf sie. Sobald er sie sah, sprang er von einer kleinen Steinmauer auf und lief ihr eilig entgegen.

„Und? Was ist passiert?", fragte er.

„Hector wird freigelassen", antwortete sie.

Yadiel atmete hörbar aus. „Omnipa sei Dank!"

„Falsus wurde verhaftet, aber ich bin mir nicht mehr sicher, ob er es war", fuhr sie fort, während sie das Gasthaus betraten.

„Aber Hector kommt frei? Wann?"

„Noch heute", versicherte ihm Myrra und legte beruhigend die Hand auf seinen Arm.

Sie packte ihre Sachen zusammen und bezahlte den Wirt. Wieder auf der Straße verabschiedete sie sich von Yadiel, nachdem ihre zögerliche Frage nach einem Wiedersehen mit einem Lächeln belohnt worden war. Dann machte sie sich leichten Schrittes auf den Rückweg zum Gildehaus. Sie hatte es noch nicht erreicht, da eilte ihr ein Bote entgegen. Es war kein Angestellter der Gilde, sondern ein privater Bote und er brachte ausgerechnet Nachricht von Falsus. Er wollte sie sehen. Nur sie.

Was wollte er von ihr? Sie lief schneller. Kurz darauf erreichte sie völlig außer Atem das Gildehaus. Sie machte sich nicht die Mühe, ihre Sachen zu verstauen oder Meister Umbero aufzusuchen, sondern eilte sofort zu dem Raum, in dem Falsus untergebracht war. Noch immer standen dieselben Wachen vor der Tür. Sie erkannten Myrra und hinderten sie nicht daran, einzutreten.

Falsus saß zusammengesunken auf einem Stuhl nahe dem Kamin. Er blickte auf, als er das Öffnen der Tür hörte. Obwohl er erst wenige Stunden in diesem Raum war, wirkte er als wäre er schon seit Tagen eingesperrt. Sein Gesicht war bleich und seine Bewegungen erschienen ihr fahrig.

„Meisterin Myrra", rief er und benutzte einen Titel, den ihr sonst niemand gönnte und der ihrer Stellung als Gehilfin auch nicht entsprach.

Myrra trat nur zögerlich näher. „Was wollt Ihr von mir? Seid Ihr endlich bereit, die ganze Wahrheit zu erzählen?", fragte sie scharf.

„Ich habe Fero nicht getötet", wiederholte Falsus nachdrücklich, wie er es schon bei der Befragung durch Meister Umbero beteuert hatte. „Ich habe nach Euch rufen lassen, weil Ihr mich mit Euren bisherigen Ermittlungen, die so scharfsinnig und unbeirrbar waren, tief beeindruckt habt."

Das klang so anders, als alles, was er ihr bisher an den Kopf geworfen hatte, dass sie es nicht ernstnehmen konnte. Misstrauisch blickte sie ihm entgegen.

„Was wollt Ihr?", fragte sie noch einmal.

„Wenn Ihr den wahren Mörder von Fero wirklich finden wollt, müsst Ihr weitersuchen, denn ich habe ihn nicht getötet. Ich war die ganze Nacht mit Meister Trevor zusammen", sagte Falsus ohne ihr dabei in die Augen zu sehen.

„Ihr wart die ganze Nacht bei Meister Trevor? Aber warum habt Ihr diesen Nachweis Eurer Unschuld nicht schon vorher angegeben?", fragte sie, den Sinn seiner Worte noch nicht ganz verstehend.

„Er ist mir schon vor einiger Zeit auf die Schliche gekommen und hat gedroht mich bloßzustellen. Er hatte mich in der Hand, ich musste tun, was immer er verlangte." Falsus spuckte die Worte aus, als hätten sie einen bitteren Geschmack.

Vermutlich hatten sie das auch, wenn man bedachte, wozu ihn Meister Trevor gezwungen hatte, dachte Myrra, als sie endlich begriff. Es erklärte auch, warum keiner von beiden darüber sprechen würde, schon gar nicht vor dem Rat der obersten Magier. Kurz fragte sie sich, ob Falsus das nur erfand, um einer Mordanklage zu entgehen. Myrra dachte an Meister Trevors Verhalten bei Falsus' Verhaftung und glaubte ihm, was bedeutete, dass der wahre Mörder noch nicht gefunden war.

Falsus hatte sich schon von ihr abgewandt und blickte wieder hoffnungslos in das Feuer im Kamin. Myrra verließ den Raum. Nachdenklich ging sie über den Korridor. Sie standen nun wieder ganz am Anfang.

KAPITEL 27

Myrra lief im Salon von Meister Umberos Gemächern unruhig auf und ab. Meister Umbero selbst saß dagegen seelenruhig auf einem Sessel am Fenster.

„Was machen wir denn nun?", fragte Myrra. „Wir stehen wieder völlig am Anfang und haben keinerlei Anhaltspunkte!"

„Wir wissen immerhin schon einmal, dass es weder Falsus noch Hector waren. Das ist immerhin etwas. Wir suchen weiter, das ist es, was wir tun werden. Bis wir den Mörder gefunden haben", antwortete Meister Umbero und schlürfte an einer Tasse Tee, die ihm ein Diener gebracht hatte. Myrra hätte sie ihm am liebsten aus der Hand gerissen, ihn an seiner Robe gepackt und aus dem Zimmer geschleift, um sich sofort wieder auf die Suche zu machen. Wie konnte er nur so ruhig dasitzen?

„Setz dich, Myrra. Und trink eine Tasse Tee. Du machst mich ganz nervös."

Widerwillig ließ sich Myrra auf den Sessel ihm gegenüber sinken.

„Lass mich nur meinen Tee fertig trinken, dann machen wir uns wieder an die Arbeit", versuchte er sie zu beruhigen.

Myrra hielt es kaum aus, bis Meister Umbero endlich seinen Nachmittagstee beendet hatte. Seine Tasse hatte kaum das Tablett berührt, da war Myrra auch schon wieder aufgesprungen und tigerte auf und ab.

„Wir wissen immer noch nicht, wer Meister Fero an jenem Abend besucht hat", sagte sie. „Niemand hat diese Person gesehen." Sie warf einen Blick auf Meister Umbero und sah, wie er langsam nickte. „Haben wir denn gar keine Möglichkeit, herauszufinden, was an jenem Abend geschehen ist?"

„Nicht, solange keine Magie im Spiel war", antwortete Meister Umbero.

Myrra hielt inne. „Meinst du, es gibt noch mehr wie Falsus?"

„Mehr wie ihn?"

„Magier, die ihre Zugehörigkeit zur oder ihre Position in der Gilde erschlichen haben."

Meister Umbero blickte sie stumm von unten herauf an. „Aber wer von ihnen hätte schon Grund und Möglichkeit gehabt, Meister Fero zu töten?"

Myrra öffnete den Mund, um zu antworten. Und schloss ihn wieder. Sie wusste es nicht. Kraftlos ließ sie sich auf den Sessel sinken. „Gibt es dann gar nichts, was wir tun können?"

„Sicher gibt es das. Und bis wir wissen, was es ist, hören wir uns an, zu welchem Ergebnis sie auf der Versammlung gekommen sind."

„Welche Versammlung?" Wie konnte Meister Umbero jetzt nur an Versammlungen und Beschlüsse denken?

„Habe ich nicht erwähnt, dass für heute Nachmittag noch kurzfristig eine Versammlung angesetzt wurde, um Feros Nachfolger zu bestimmen?" Er runzelte die Stirn und stemmte sich schwerfällig aus seinem Sessel. „Ich muss es wohl vergessen haben."

„Nein, das hast du nicht gesagt", antwortete Myrra lahm und erhob sich ebenfalls. „Wer, denkst du, hat sich durchgesetzt?" Kurz dachte sie darüber nach, ob jemand Fero aus dem Weg geräumt hatte, um selbst Erster im Rat zu werden. Dann verwarf sie den Gedanken. Keinem der herausragenden Magier wäre Fero unbedarft genug gegenübergetreten, um von ihm überrumpelt zu werden.

„Das werden wir gleich sehen." Meister Umbero öffnete die Tür und trat auf den Flur.

Sie erreichten die Eingangshalle in dem Moment, als sich die Flügel der Tür zur Gildehalle öffneten. Sie eilten die restlichen Stufen hinunter. Um zu verhindern, dass alle Ratsmitglieder das Gildehaus verließen, mischten sie sich unter sie. Doch bevor sie jemanden ansprechen konnten, erklang hinter ihnen eine Stimme.

„Meister Umbero!" Sie wandten sich um und standen der alten Meisterin Naenia aus dem Rat gegenüber. „Habt Ihr nun ein Geständnis von Falsus?"

Zum Glück reagierte Meister Umbero trotz der ihm eigenen Gemütlichkeit ungewöhnlich schnell. So verhinderte er, dass Myrra der

Meisterin von Falsus' Geschichte erzählen konnte. „Nein, noch nicht."

„Das ist bedauerlich. Das sollte Eure oberste Priorität sein! Wir haben schon darüber diskutiert, was aus ihm werden soll."

Myrra richtete ihre gesamte Aufmerksamkeit auf die Frau. Sie hatte sich auch schon gefragt, welche Bestrafung auf Feros Mörder warten würde. Die härteste Strafe, die je einen Magier getroffen hatte, war lebenslange Verbannung gewesen.

„Seine Hinrichtung wurde gefordert", sprach die Frau weiter. Myrra hörte, wie Meister Umbero neben ihr nach Luft schnappte. Sie selbst konnte selbiges gerade noch unterdrücken. „Es gab einige Zustimmung zu Meisterin Superbias Forderung. Aber dafür bräuchten wir auf jeden Fall ein Geständnis von ihm. Dann würden auch die letzten Zweifler überzeugt."

„Meisterin Superbia hat seine Hinrichtung gefordert?" Mit steilen Falten über der Nasenwurzel und zusammengekniffenen Lippen schoss die Meisterin einen Blick auf Myrra ab, aber sie hatte sich die Worte nicht verkneifen können.

„Das hat sie. Und da sie eine vielversprechende Kandidatin für die Leitung des Rats ist, werden die Mitglieder auf sie hören." Die Frau blickte wieder zu Meister Umbero. „Zwar konnten wir uns noch nicht gänzlich einigen, aber es sieht so aus, als würde sie nun endlich die Wertschätzung erhalten, die sie verdient. Meister Fero hat sie und das, was sie für die Gilde in Spero getan hat, nie genügend wertgeschätzt! Sie hat ihm geholfen das Gildehaus in Spero komplett neu aufzubauen. Und wie hat er es ihr gedankt? Gar nicht!"

„Darüber war sie sicher verärgert", mutmaßte Meister Umbero.

„Natürlich, wärt Ihr das nicht auch? Doch wir anderen oberen Magier wussten sie zu schätzen und haben sie entgegen seinem Wunsch zu Feros Stellvertreterin gemacht. Er hätte sich nur einen Fehler leisten müssen und sicher hätten sie ihn durch sie ersetzt." Myrra hatte nicht geglaubt, die Frau könnte noch missbilligender schauen, doch die Furchen auf ihrer Stirn vertieften sich und der Blick aus den verengten Augen traf bei ihren Worten nun auch Meister Umbero. „Entschuldigt mich, ich muss nun gehen", sagte sie und rauschte an ihnen vorbei.

Myrra und Meister Umbero blickten ihr nach, wie sie aus dem Hauptportal auf die Straße eilte. Sie blieben allein in der Eingangshalle zurück.

„Ich denke für heute können wir nichts mehr tun." Meister Umbero strich sich mit den Fingern über die geschlossenen Augen. „Ich bin müde. Ich werde mich zurückziehen."

Myrra blickte ihm nach, wie er träge die Stufen erklomm. Sie seufzte. Es war erst früher Abend, wie konnte er da schon zu Bett gehen? Es drängte sie, über alles, was sie heute erfahren hatten, zu diskutieren. Doch sie blieb allein zurück. Also machte sie sich ebenfalls auf den Weg zu ihrem Zimmer. Sie würde versuchen ihre Gedanken zu ordnen, um sie dann gleich morgen früh mit ihm zu besprechen.

KAPITEL 28

Myrra kreiste ihre Schultern, um die verspannten Muskeln in ihrem Nacken zu lösen. Den ganzen Vormittag saß sie nun schon mit Meister Umbero in dessen Salon und ging mit ihm immer wieder das spärliche Wissen durch, das sie über Feros Ermordung gesammelt hatten. Doch immer wieder kamen sie zu dem gleichen Ergebnis. Egal wie logisch ihre Theorien auch waren, ohne offizielle Aussage von Falsus über seinen Verbleib in der fraglichen Nacht würde ihnen niemand glauben. Und das er dies verweigern würde, hatte er selbst gesagt.

Doch es erschien unmöglich, weitere Beweise zu finden, ohne jemanden öffentlich zu verdächtigen. Das allerdings war unmöglich. Welche Schwierigkeiten das mit sich bringen würde, wussten sie inzwischen nur zu gut.

„So können wir nicht weitermachen!", entfuhr es Myrra. Sie bereute die Heftigkeit ihrer Worte, noch bevor sie sah, wie Meister Umbero zusammenzuckte. Deutlich gemäßigter fuhr sie fort: „Ich meine, hier in diesem Zimmer erfahren wir nichts Neues. Wir müssen die Ratsmitglieder zur Rede stellen. Es ist doch fast sicher, dass jemand von ihnen oder alle nicht treu hinter Fero standen."

Sie dachte an die Ratsmitglieder, die sie kennen gelernt hatte. Meister Trevor würde sie einen Mord zutrauen, aber er konnte es nicht gewesen sein. Wer dann? Meisterin Naenia? Meisterin Superbia? Das wollte sie nicht glauben. Nicht Meisterin Superbia, die ihr so freundlich vorkam und die sie noch immer bewunderte. Sie starrte in die Luft und ballte die Hände zu Fäusten. Erschrocken fuhr sie zusammen, als Meister Umbero antwortete.

„Du hast recht. Wir müssen sie zu ihren tatsächlichen Absichten befragen. Aber zuerst gönnen wir uns ein Mittagessen. Im Gasthaus gegenüber", fügte er hinzu.

Myrra musste wider Willen lachen. Es gab wirklich nichts, das Meister Umbero den Appetit verderben konnte.

„Geh nur ohne mich, ich habe keinen Hunger", sagte Myrra. Lieber wollte sie ein wenig allein sein. Meister Umbero schien sie zu verstehen und verließ das Zimmer.

Obwohl sie sich gerade noch so entschieden gegen das Wälzen von Aufzeichnungen ausgesprochen hatte, fand sie sich bald selbst dabei wieder, wie sie in den Pergamenten stöberte. Sie las immer wieder dieselben Stellen, konnte aber nichts finden, das sie nicht schon zuvor gesehen hatte und ihre Gedanken drehten sich immer mehr im Kreis.

Plötzlich platzte ein Dienstbote ins Zimmer, ohne anzuklopfen.

„Kommt schnell, Meister Umbero geht es nicht gut!", rief er und winkte hektisch mit den Armen Richtung Korridor.

Myrra sprang sofort auf und eilte ihm hinterher. Was war nur passiert? Am Eingangsportal deutete der Dienstbote über die Straße auf das Gasthaus.

Myrra eilte über die Straße und stürmte durch die Tür. Die Leute im Inneren blickten auf, doch sie konnte Meister Umbero nirgends sehen.

„Wo ist er? Was ist passiert?", keuchte sie außer Atem.

Der Wirt trat hervor, ein Spültuch in den Händen, das er nervös knetete.

„Was ist passiert?" Sie packte ihn an den Armen. Nur mühsam konnte sie sich beherrschen, ihn nicht wild zu schütteln, während die Angst schwer wie ein Stein in ihrem Magen lag.

„Er ist während des Essens zusammengebrochen. Es muss sein altes Herz gewesen sein." Er sah sie besorgt an. Myrra hatte nach der Lehne eines nahen Stuhls gegriffen und wartete voller Entsetzen auf die nächsten Worte des Wirts.

„Zum Glück waren Magier aus dem Spital ebenfalls hier und haben ihn gleich zu Meisterin Superbia gebracht. Sie wird ihm sicher helfen können!" Der Wirt sah sie mit großen Augen an, als erwartete er, dass sie das beruhigte.

Doch Myrra war nicht beruhigt, ganz im Gegenteil. Meister Umbero mochte alt sein, aber er hatte keine Herzprobleme, dafür würde der alte Magier schon sorgen, und wenn nicht er, dann seine ebenfalls magisch begabte Frau. Was also war tatsächlich passiert?

Myrra hielt sich nicht länger damit auf, den Wirt zu fragen, sondern stürmte wieder auf die Straße Richtung Spital. Sie rannte die gesamte Strecke, so schnell sie konnte. Dort angekommen, hetzte sie zu dem Tresen rechts von der Eingangstür.

„Wo ist er?", fragte sie keuchend.

Die Dame hinter dem Tresen starrte sie nur verständnislos an. „Wer?"

„Meister Umbero!" Myrra hätte die Frau angeschrien, hätte sie den Atem dazu gehabt, doch so waren ihre Worte nur ein Flüstern.

„Meister Umbero befindet sich in Zimmer zwölf. Meisterin Superbia kümmert sich persönlich um ihn. Er ist also in den besten Händen", erklärte ihr die Frau lächelnd.

Myrra machte sich nicht die Mühe, ihr zu antworten, sondern stürmte zur Treppe und erklomm sie, immer zwei Stufen auf einmal nehmend. Ihre Lungen brannten bei jedem keuchenden Atemzug wie Feuer, trotzdem wurde sie nicht langsamer und erreichte den oberen Treppenabsatz. Sie rannte den Flur hinunter, ohne auf andere Menschen auf dem Gang zu achten. Mindestens einer der Entgegenkommenden wurde von ihr zur Seite gestoßen, doch sie hielt nicht an und sah sich nicht um. In ihrer kopflosen Panik wäre sie beinahe an Zimmer zwölf vorbeigestürmt.

Die Tür des Zimmers stand offen und Myrra prallte fast aus vollem Lauf gegen den Türrahmen. Schwer keuchend blieb sie stehen und starrte in das Innere des Raumes.

Es gab nur ein einziges Bett. Darin lag Meister Umbero. Er war kalkweiß im Gesicht und irgendwie wirkte er klein und zusammengefallen. Myrra befürchtete schon das Schlimmste, dann sah sie an der Bewegung der Decke, dass er noch atmete.

„Wie erwartet, habt Ihr mich nicht lange warten lassen." Meisterin Superbias kalte Stimme passte nicht zu ihrem sonst so freundlichen Auftreten. Mit ausdruckslosem Gesicht stand sie neben dem Bett und hatte sich über Meister Umbero gebeugt. Bei Myrras Auftauchen blickte sie auf und sah ihr entgegen.

„Was ist hier los?", verlangte Myrra zwischen keuchenden Atemzügen zu wissen.

Meisterin Superbia wandte sich vom Bett ab und trat Myrra entgegen. Ihr Blick bohrte sich in ihren, sodass sie ihn nicht abwenden konnte.

„Das hier ist Eure Schuld! Warum seid Ihr nicht zurück zur Hauptstadt, wie man es Euch gesagt hat? Die obersten Magier haben es sofort eingesehen, als ich sie darauf hingewiesen habe, wie unzureichend Ihr für diese Ermittlungen seid. Obwohl ich zugeben muss, dass Euer Sieg über Falsus beeindruckend ist. Aber danach hättet Ihr es gut sein lassen sollen!", zischte Superbia leise, dennoch verstand Myrra jedes ihrer Worte. Sie wollte etwas unternehmen, auf Superbia zugehen. Doch ihre Arme hingen nur bleischwer herunter und ihre Füße schienen auf den Bodendielen festgewachsen. Sie konnte Superbia nur mit weit aufgerissenen Augen anstarren.

„Was habt Ihr mit Meister Umbero gemacht?", hauchte sie kraftlos und ihr Blick wanderte wieder zu der leblosen Gestalt im Bett.

„Dafür gesorgt, dass weder er noch Ihr mir in den Weg tretet!", fauchte Superbia.

Endlich schaffte es Myrra, sich vom Türrahmen abzustoßen und zum Bett zu taumeln. Sie sank auf die Bettkante und griff nach Meister Umberos Hand. Erschrocken bemerkte sie, wie kalt sie sich anfühlte. Sofort griff sie nach ihrer Gabe und versuchte Meister Umbero zu heilen. Doch alles, was sie wahrnehmen konnte, wenn sie ihre Sinne nach ihm ausstreckte, war eine bodenlose Dunkelheit, die ihre Kräfte regelrecht aufsaugte.

„Spart Euch die Mühe." Superbia lachte. „Ihr könnt ihn nicht heilen. Und er selbst auch nicht. Dafür habe ich gesorgt. Dieses Gift ist mein größter Erfolg." Ein kaltes Lächeln umspielte ihre Lippen.

„Keine Sorge, es wird ihn nicht umbringen. Zumindest nicht gleich."

„Warum tut Ihr das? Was wollt Ihr?" Myrra blickte noch immer neben dem Bett kniend zu Meisterin Superbia auf. „So werdet Ihr nicht weit kommen!"

„Ach, nein? Ich denke doch. Wer sollte mich aufhalten? Ihr? Ganz bestimmt nicht. Ihr werdet Euch vollkommen ruhig verhalten, oder Meister Umbero wird dafür bezahlen. Und anschließend werde ich mir Euren Freund, den Schmied, und seinen Vetter vornehmen."

Entsetzen breitete sich wie Eiswasser in Myrra aus und ihre Hand krallte sich in die von Umbero. Nie hätte sie es für möglich gehalten, dass Superbia Meister Umbero gefährlich werden könnte. Schritte näherten sich auf dem Korridor und eine Pflegerin erschien im Türrahmen hinter Superbia.

„Meister Umbero braucht nun Ruhe. Besser Ihr lasst ihn allein", sagte Superbia mit freundlicher Stimme und trat neben sie. Dabei legte sie die Hand auf Myrras Schulter. Die Geste hätte fast fürsorglich gewirkt, hätten sich nicht die Finger von Superbias eisenhartem Griff tief in Myrras Schulter gebohrt. Für die Pflegerin in ihrem Rücken nicht sichtbar, lächelte sie bösartig auf Myrra herab.

Nur widerwillig löste Myrra die Finger von Umberos Hand und kämpfte sich auf die Beine, während sich Superbias Finger weiter in ihre Schulter bohrten. Wie in Trance stolperte sie die wenigen Schritte durch das Zimmer und auf den Flur hinaus. Sie blieb nicht stehen, bis sie die Straße vor dem Spital erreicht hatte. Hilflos stand sie mitten auf dem belebten Weg und Entsetzen schnürte ihr die Kehle zu.

KAPITEL 29

„Sie hat Meister Umbero!" Myrras Stimme war nur ein Flüstern und doch reichte es aus, dass Yadiel sie vom anderen Ende der Schmiede aus verstand.

„Wer hat Meister Umbero? Was ist passiert?"

„Superbia! Sie hat Meister Umbero. Ganz sicher hat sie auch Meister Fero getötet. Und nun hat sie Umbero. Sie wird ihn töten."

Yadiel trat neben sie, griff nach ihren Armen und führte sie zu Tisch und Bank nach hinten in die Schmiede.

„Was genau ist denn passiert?", fragte er ruhig.

„Sie hat ihn vergiftet, heute Mittag im Gasthaus. Dann hat sie gedroht ihn und auch dich und Hector zu töten, wenn ich nicht aufhöre, gegen sie vorzugehen. Was soll ich denn jetzt machen?"

Yadiel sagte eine Weile nichts. „Tue genau das, was sie nicht erwartet. Äußere deinen Verdacht vor dem Rat!"

„Aber dann wird sie Meister Umbero töten! Und dich! Und Hector!"

„Das wird sie so oder so. Sie kann ihn schließlich nicht ewig im Spital festhalten. Und sie wird auch dich über kurz oder lang aus dem Weg räumen, wenn du nichts gegen sie unternimmst", erklärte ihr Yadiel eindringlich.

„Aber es würde Meister Umberos Tod bedeuten", schluchzte Myrra.

„Nicht, wenn wir ihn vorher aus dem Spital befreien." Myrra hob den Kopf.

„Aus dem Spital befreien? Wie?"

„Wir brechen ein und holen ihn raus. Wie viel schwerer kann das sein, als in das Gildehaus einzubrechen?"

„Es ist voller Magier, die auch nachts nicht alle schlafen", gab Myrra zu bedenken.

„Hector und sein Schmugglerring werden uns helfen. Wir sind viele, gegen nur wenige Magier, einige werden schon durchkommen."

Sie richtete sich auf und wischte sich mit der Hand die Tränen aus dem Gesicht.

„Aber sie hat ihn vergiftet, was wenn er dann trotzdem stirbt? Wir brauchen das Gegengift. Gibt es einen fähigen Apotheker in der Stadt?"

„Ich denke schon."

Myrra sprang auf und tigerte in der Schmiede auf und ab. Fieberhaft dachte sie über Yadiels Worte nach. Er hatte recht, wenn sie verhindern wollte, dass Superbia ihm, Hector und Meister Umbero etwas antat, durfte sie nicht abwarten und musste etwas unternehmen. Aber wie konnte sie als kleine Magierin ohne Meisterrang eine der Obersten zu Fall bringen?

Sie durfte nicht zulassen, dass die Angst sie lähmte. Es stand zu viel auf dem Spiel. Sie dachte daran, dass sie auch Falsus' Betrug aufgedeckt hatte. Und das sogar entgegen dem Willen des obersten Rates. Sie war zu weit gekommen, um nun aufzugeben und Meister Umbero im Stich zu lassen.

Sie blieb stehen und drehte sich zu Yadiel um. „Die obersten Magier werden sich noch heute Nachmittag erneut zu einer Versammlung treffen, um einen neuen Ersten Magier von Spero zu bestimmen."

„Gut, das ist die Gelegenheit."

„Aber wie überzeuge ich alle von ihrer Schuld? Ich habe keinerlei Beweise." Nachdenklich verstummte sie für einige Augenblicke, ihre Hoffnung sank. „Ich muss es dennoch versuchen", sagte sie schließlich und blickte in Yadiels Gesicht. „Ich kann mich doch darauf verlassen, dass ihr Meister Umbero in Sicherheit bringt?"

Er ergriff ihre Hände. „Ich verspreche es", sagte er.

Sie nickte und holte tief Luft. „Dann los! Ich will Meister Umbero so schnell wie möglich in Sicherheit wissen und die Versammlung beginnt bald."

„Ich werde Hector dazuholen", rief Yadiel über die Schulter, während er schon aus der Schmiede stürmte.

Myrra blieb allein zurück und trotz der Hitze in der Schmiede fröstelte sie und schlang die Arme um ihren Oberkörper. Wo war sie hier nur hineingeraten? Derartige Abenteuer überstiegen ihre Fähigkeiten bei weitem. Sie versuchte, ihre schwirrenden Gedanken zu beruhigen. Panik hat noch niemandem geholfen, sagte sie sich und versuchte langsam und tief zu atmen.

Yadiel kam mit Hector zurück und hatte schon auf dem Weg begonnen ihm zu erklären, worum es ging.

„Wir werden helfen. Immerhin habt Ihr und Meister Umbero für meine Freilassung gesorgt", versicherte Hector ihr, als er die ganze Geschichte und ihren halbfertigen Plan gehört hatte. Er hielt sich nicht lange auf und verließ die Schmiede nach kurzer Zeit wieder, um seine Leute zusammenzurufen.

Yadiel ließ sich von Myrra einen groben Plan des Spitals zeichnen, während sie erklärte, mit wie vielen Pflegern und Magiern sie es voraussichtlich zu tun bekommen würden.

„Ihr müsst Meister Umbero so schnell wie möglich zu einem Apotheker bringen", schärfte sie Yadiel ein.

„Natürlich, mach dir keine Sorgen. Hector wird gut eine Stunde brauchen, um sich und seine Männer in Position zu bringen, dann geht es los."

„Ich werde mich bis dahin auf den Weg zum Gildehaus machen und nach Ablauf der Stunde Meisterin Superbia vor den obersten Magiern anklagen", vervollständigte Myrra den Plan.

Yadiel packte die gezeichnete Karte und seine Dietriche ein, dann trat er vor Myrra. Sie griff nach seinen Händen und lehnte die Stirn an seine.

„Danke", sagte sie leise. „Und viel Glück."
„Dir auch."

Dann trat er zurück und verließ mit schnellen Schritten die Schmiede, um sich mit Hector und seinen Männern zu treffen. Myrra blieb einmal mehr allein zurück.

KAPITEL 30

Die Stunde bis zum verabredeten Zeitpunkt war die reinste Qual für Myrra. Abwechselnd marschierte sie in der Schmiede auf und ab oder saß auf der Bank. Doch lange hielt sie es dort nicht. Sie war viel zu nervös, um stillzusitzen. Die Zeit kroch zäh dahin und gab ihr viel zu viele Gelegenheiten, darüber nachzudenken, was alles schief gehen konnte. Eine nagende Übelkeit hatte sich in ihr breitgemacht und wurde mit jedem Augenblick, der verstrich, schlimmer.

Endlich war es Zeit für sie, die Schmiede zu verlassen. Sie öffnete die kleine Tür in einem der beiden Torflügel und trat auf die Straße.

Sie beobachtete die Passanten, die ihr auf dem Weg begegneten. Alles wirkte so gewöhnlich wie immer und stand damit in ausgeprägtem Gegensatz zu dem Aufruhr in ihrem Inneren. Es kam ihr so vor, als müsste jeder der Passanten ihr sofort ansehen, was für eine Ungeheuerlichkeit sie vorhatte.

Ihrem Dafürhalten nach fand sie sich viel zu früh vor dem Gildehaus wieder. Riesig ragte es vor ihr auf und ihr stockte der Atem. Alles in ihr weigerte sich, das Gebäude zu betreten. Dennoch kämpfte sie gegen den inneren Widerstand an und schritt die Auffahrt hinauf und durch das Eingangstor. In der kühlen und dämmrigen Eingangshalle wartete sie einige Augenblicke, bis sich ihre Augen an das fehlende Licht gewöhnt hatten.

Sie wandte sich den Toren der großen Halle zu und legte beide Hände auf die Klinken. Sie spürte das kalte Metall in ihren Handflächen und konnte die Stimmen im Inneren hören. Im nächsten Augenblick würden nur sie allein und ihre Fähigkeiten über den Ausgang dieser Geschichte entscheiden. Sie durfte nicht versagen. Sie wartete noch einen letzten Augenblick und versuchte, sich zu sammeln, dann drückte sie die Klinken hinunter und stieß die beiden Türflügel mit möglichst viel Kraft von sich. Der immer größer werdende Spalt zwischen dem Holz der beiden Flügel gab den Blick auf das Innere des Saales frei.

Die obersten Magier richteten ihre Blicke auf Myrra unter der Tür. Zusammen mit der Aufmerksamkeit aller anwesenden Magier fühlte sie die tonnenschwere Last auf ihren Schultern.

Kurz richtete sie alle Sorgen und Hoffnungen auf Yadiel und Meister Umbero und hoffte, beide waren wohl auf, dann wischte sie alle quälenden Sorgen beiseite und richtete ihre gesamte Konzentration auf das, was vor ihr lag.

Unbewusst straffte sie die Schultern und richtete sich zu ihrer vollen Größe auf, dann trat sie in das Innere des großen Saales.

Sie sah Meisterin Superbia am Kopfende der Tafel sitzen. Bei Myrras Eintreten erhob sie sich und starrte ihr mit zuckenden Mundwinkeln und hochgezogenen Schultern entgegen.

„Magierin Myrra, warum stört Ihr diese Versammlung?" Ihre Stimme war schneidend.

„Ich bin hier, um den wahren Mörder von Meister Fero anzuklagen!" Myrra betete, ihre Stimme möge nicht zittern.

Ein erstauntes Raunen ging durch die anwesenden Magier.

„Was soll das? Der Fall ist bereits gelöst, der Täter ist angeklagt!", rief Meister Trevor.

„Falsus mag ein Betrüger sein und sich durch die Prüfungen geschummelt haben, aber er hat Meister Fero nicht ermordet." Myrra holte tief Luft und versuchte Kraft und Entschlossenheit, die sie für die nächsten Worte brauchte, zu sammeln. „Es ist Meisterin Superbia gewesen."

Die meisten Blicke blieben an Myrra hängen. Nur Meister Sulfus' Blick flog sofort zu Superbia.

„Seid Ihr nun völlig verrückt geworden?" Meister Trevor war aufgesprungen. Meisterin Naenia neben ihm schüttelte stumm den Kopf und sah Myrra an als wäre sie ein ungezogenes Kind, dass sich völlig danebenbenahm.

Superbia selbst kniff die Augen zusammen und lachte.

„Ihr seid wohl etwas verwirrt. Sicher ist es die Sorge um Euren Meister, die Euch so zusetzt", sagte sie.

Den anderen Magiern entging sicher der drohende Unterton, als sie Meister Umbero erwähnte, doch Myrra ließ sich nicht ablenken. Sie setzte all ihr Vertrauen auf Yadiel und Hector.

„Ich bin nicht verwirrt", entgegnete Myrra. „Im Gegenteil, ich sehe die Dinge sehr klar!" Sie trat näher an die Tafel heran.

„Wie könnt Ihr es wagen, solche Anschuldigungen gegen mich vorzubringen?", schrie Meisterin Superbia.

Sie schob ihren Stuhl zur Seite und kam um die Tafel herum auf Myrra zu. Myrra ließ ihr gar nicht erst die Gelegenheit, sie zu erreichen.

„Anders hättet Ihr es niemals geschafft ihm auch nur ebenbürtig zu sein! Neben ihm wart Ihr ein Nichts! Eure Zauberkräfte sind schwach! Alles was Ihr könnt, ist, ein paar Kräutertränke zu brauen!", schleuderte sie ihr ins Gesicht.

„Ihr werdet gleich sehen, was ich kann!", schrie Superbia mit sich überschlagender Stimme. „Ich werde ein für alle Mal beweisen, wozu ich in der Lage bin!"

„Gar nichts werden wir sehen, weil Ihr nichts könnt! Ein anständiger Magier hätte Fero mit Magie getötet! Aber das habt Ihr nicht, weil Ihr es nicht konntet!", provozierte Myrra sie weiter.

Superbia lief puterrot an. „Ich hätte ihn auch mit Magie töten können!"

Myrra schloss kurz die Augen. Was immer auch geschah, sie hatte bereits gewonnen. Superbia hatte sich gerade selbst verraten. Sie selbst schien ihren Fehler noch nicht bemerkt zu haben.

„Auch Euch wird das Lachen vergehen, wie es ihm vergangen ist. Er hat sich einmal zu viel über mich lustig gemacht und dafür bezahlt!", wetterte sie weiter. In der Stille, die ihren Worten folgte, blickte sie in die Runde der entsetzten obersten Magier. Ihr Atem ging stoßweise. Sie öffnete und schloss ihren Mund mehrmals, eine

Hand an ihrem Hals. Doch es kamen keine Worte hervor. Dann presste sie die Lippen zusammen und wich zwei Schritte zurück.

„Er hatte seine Position doch gar nicht verdient! Er war doch nur ein aufgeblasener Wichtigtuer. Was haben seine genialen Einfälle der Gilde schon gebracht? Verrückte Einfälle sind nicht alles! Ich habe mit beständiger, harter Arbeit etwas aufgebaut, während ihm alles immer einfach zuflog!", rechtfertigte sie sich vor ihren Kollegen.

Meisterin Naenia schüttelte noch immer den Kopf, doch nun war sie mit offenem Mund auf ihrem Stuhl nach vorn gesunken. Auch andere Meister saßen mit hängendem Unterkiefer da. Meister Trevor war aschfahl auf seinen Stuhl zurückgesunken. Einzig Meister Sulfus hatte sich bei Superbias Worten erhoben und schaute Superbia mit zusammengepressten Lippen an.

„Ihr!", richtete sie ihre Aufmerksamkeit wieder auf Myrra. „Ihr habt gerade Meister Umberos Leben verspielt!"

KAPITEL 31

Myrra atmete zitternd aus. Unwillkürlich hatte sie bei Superbias Worten die Luft angehalten. Voller Angst hatte sie mitangesehen, wie Superbia versuchte, sich zu konzentrieren und ein leichtes Schwingen von Magie gespürt. Sie war sich sicher, Superbia hatte mit ihrer Magie nach dem vergifteten Umbero gegriffen und versucht ihn endgültig zu töten. Gebannt beobachtete sie Superbia.

Plötzlich konnte sie sehen, wie sie die Augen aufriss, das magische Flimmern um sie brach ab.

„Was? Wie?", stammelte Superbia. „Das ist unmöglich! Wie habt Ihr das gemacht? Durch das Gift sollte er schwach und erreichbar für mich sein!"

Unendliche Erleichterung durchströmte Myrra. Yadiel und Hector mussten es geschafft haben Meister Umbero zu einem Apotheker zu schaffen, der ihm helfen konnte.

Nun, da ihr Opfer außer Reichweite war, richtete sich ihre Aufmerksamkeit gegen ihre nächste Umgebung. Sie sprang die wenigen, verbliebenen Meter auf Myrra zu. Obwohl sie sich unglaublich schnell bewegte, konnte Myrra in aller Deutlichkeit die verengten Pupillen und die mit aller Kraft zusammengebissenen Zähne unter den gefletschten Lippen sehen.

Während sie näher sprang, folgte Myrras Blick ihren ausgestreckten Händen mit denen zu Klauen gekrümmten Fingern. Sie konnte Superbias unbändigen Hass beinahe körperlich spüren. Zumindest kam es ihr so vor und sie verlor kostbare Augenblicke, bis sie registrierte, dass es ein magischer Angriff war.

Gerade noch rechtzeitig hatte Myrra einen magischen Schild aufgebaut. Superbias Angriff prallte ab, ohne allzu große Erschütterungen zu verursachen. Dennoch wich Myrra unwillkürlich einen Schritt zurück und entging so Superbias Händen, die den Schild problemlos durchdrungen hatten und ihrem Hals gefährlich nahegekommen waren. Sie schlug Superbias Hände beiseite und wich noch weiter zurück.

Meister Sulfus trat vor und wollte nach Superbia greifen, doch sie schüttelte ihn einfach ab und stieß ihn zur Seite. Myrra spürte, wie er Verbindung zu Omnipa aufnahm, doch er zögerte, wahrscheinlich, weil ihr Superbia schon zu nahe war.

Länger konnte sie ihre Aufmerksamkeit nicht von Superbia nehmen, denn immer wieder griff sie Myrras Schild an und versuchte sie zu packen. Myrra konzentrierte sich noch mehr auf den Schild und verstärkte ihn. Das allein trieb ihr den Schweiß auf die Stirn. Mit einem anderen Teil ihres Verstands versuchte sie Superbia bei jeder Attacke mit Magie zurückzuschieben. Sie fühlte sich, als müsste sie mit rechts und links gegensätzliche Dinge tun und befürchtete die Kontrolle zu verlieren.

Sie zögerte, Superbia mit einem stärkeren Zauber anzugreifen, doch bald würde ihr nichts anderes mehr übrigbleiben, als sie ernsthaft zu verletzen.

Sie prallte mit dem Rücken gegen die Wand und konnte nicht weiter. Sie musste diesen Kampf jetzt für sich entscheiden. Tief einatmend zog sie ihre Kräfte zusammen und konnte die Hitze schon in den Händen spüren. Das Entsetzen und die Sorge um Meister Umbero und auch ihre Wut über Superbias Angriff verstärkten ihre Magie. Sie blickte in Superbias Gesicht und dachte daran, wie sie Meister Fero mit eingeschlagenem Schädel und niedergestochen aufgefunden hatten. Und hier vor ihr stand seine Mörderin, die ihn aus Hass und Missgunst getötet hatte, um an seine Position in der Gilde zu kommen.

Superbia stürmte erneut auf Myrra zu, schlug ihr alles an Magie entgegen, was sie hatte und versuchte nach ihr zu greifen. Doch dieses Mal schlug Myrra zurück. Um in ihrer Erschöpfung ihre Konzentration und die Verbindung aufrechtzuhalten, musste sie sie mit der Kraft ihrer Gefühle verstärken. Noch bevor Superbia sie erreichte, schleuderte sie ihr ihren Zauber entgegen. Sie spürte, wie ihre Kontrolle ins Wanken geriet. Eine Verbindung basierend auf Emotionen war gefährlich. Aus ihrer lodernden Wut über den hinterhältigen Angriff auf Meister Umbero wurden Flammen, die aus ihren Händen schossen. Sie erreichten Superbia und setzten ihre Kleider in Brand.

Superbia schrie. In einer Lautstärke und Tonlage, die Myrra bei einem Menschen niemals für möglich gehalten hätte. Ihr wurde eiskalt. Bewegungslos stand sie da und konnte den Blick nicht von Superbia abwenden, die mit den Händen versuchte die Flammen auszuschlagen.

Plötzlich erlosch das Feuer, das Superbia umgab. Meister Laetus war endlich aus der Erstarrung erwacht und nach vorn getreten. Myrras Feuer zu löschen hatte ihm keinerlei Schwierigkeiten bereitet. Superbia sackte in sich zusammen und stürzte auf den Boden. Myrra blickte weiter auf das wimmernde Bündel auf den Marmorfliesen. Sie riss ihren Blick los und sah zu Meister Laetus auf.

„Jemand sollte nach einem Heiler schicken." Myrra konnte ihre Stimme in der unnatürlichen Stille viel zu deutlich hören. Fast klang sie wie die einer Anderen.

Zwar richteten sich die Blicke nun wieder auf sie, doch noch immer rührte sich niemand. Dann trat Meisterin Naenia vor und ließ sich neben Superbia auf die Knie sinken.

„Ich kann nicht glauben, dass es Superbia gewesen sein soll." Kraftlos sank das älteste Ratsmitglied Meister Veterus auf seinen Stuhl zurück.

Meister Sulfus stand noch immer mit erhobenen Händen da und ließ sie nun zögerlich sinken, den Blick starr auf Superbia gerichtet. Hinter ihm saß Meister Trevor noch immer mit kalkweißem Gesicht auf seinem Stuhl, die Tischplatte umklammert. Wollte denn keiner etwas unternehmen? Waren das hier nicht die klügsten Köpfe der Gilde?

„Du", sagte sie an den Schreiber gewandt, der sich in seiner Ecke zusammengekauert hatte. „Im Zunfthaus der Gewürzhändler residiert ein Beamter des Königs. Lauf und berichte ihm, was geschehen ist und bringe ihn her."

Sollte sich Adeodatus um das Chaos hier kümmern. Alles was Myrra noch interessierte, war nach Meister Umbero zu sehen. Sie eilte hinter dem Schreiber aus der Halle, ohne sich noch einmal umzublicken.

KAPITEL 32

Myrras Aufgabe war zu Ende. Zwei Tage nach ihrem Kampf mit Superbia war heute der Tag der Gerichtsverhandlungen gegen sie, Falsus und auch gegen einige Magier des Rates. Man hatte sich die größte Mühe gegeben, dass von all den Geschehnissen nichts an die Öffentlichkeit drang. Offiziell verkündet worden war nur, dass königliche Beamte die Leitung der Gilde übernommen hatten. Auch nicht betroffenen Magiern der Gilde war die Anwesenheit im Gerichtssaal verboten. Doch Meister Umbero und Myrra hatten einen Ehrenplatz unter den Anwesenden erhalten. Wortlos hatten sie mitverfolgt, wie Superbia und Falsus angeklagt wurden. Beiden drohte der Ausstoß aus der Gilde. Superbia würde man zudem noch ins Exil schicken.

Doch Myrra wartete die Verkündung der Urteile nicht ab. Sie erhob sich, ohne auf die Blicke zu achten, die die Anwesenden ihr zuwarfen und verließ den Saal. Nachdem sich die schweren Flügel der Tür hinter ihr geschlossen hatten, durchquerte sie mit beschwingten Schritten die Eingangshalle und trat in den strahlenden Sonnenschein vor dem Gildehaus. Sie streckte ihr Gesicht der Sonne entgegen und genoss die Wärme auf der Haut. Dann wandte sie sich die Stufen hinab und schritt die Auffahrt entlang. Unten angekommen, bog sie auf die Straße ein und stand plötzlich Yadiel gegenüber, der an die Mauer gelehnt gewartet hatte.

„Ist die Verhandlung schon vorbei?", fragte er, sobald er sie sah.

„Nein, sie haben gerade Mal Falsus' Fall behandelt."

„Was machst du dann hier?"

„Ich habe es in dem stickigen Saal mit den endlosen Diskussionen nicht mehr ausgehalten. Sie werden sie aus der Gilde ausschließen und Superbia verbannen und dann einfach weitermachen wie bisher. Sie werden es als Einzelfälle abtun und möglichst nie mehr davon sprechen. Auch die Beamten des Königs werden die Gilde nicht wirklich verändern können. Nichts wird wirklich gerechter werden", sagte sie resigniert.

Schweigend gingen sie eine Weile nebeneinander her. Es war ein sonniger Vormittag und auf den Straßen war viel los, sodass sie nur langsam vorankamen und immer wieder anderen Passanten ausweichen mussten.

„Was wirst du nun tun?", fragte Yadiel nach einer Weile und blickte sie von der Seite an. „Wirst du in die Hauptstadt zurückkehren?"

Myrra antwortete nicht gleich und dachte über die Frage nach.

„Nein, Meister Umbero wird sich bald zur Ruhe setzen, dann gibt es dort für mich nichts mehr zu tun." Sie blickte zu ihm auf. „Ich denke, ich werde hierbleiben und mir eine neue Aufgabe suchen."

„Du wirst für die neue Gilde arbeiten?", hakte Yadiel nach.

„Ach, du meine Güte, nein!"

„Warum nicht?", fragte Yadiel zurück. „Mit deiner Gabe könntest du groß werden, teuren Schmuck für die Reichsten fertigen oder sogar in der Gilde aufsteigen", gab Yadiel zu bedenken.

„Nein, das kann ich nicht. Allein der Gedanke an die rechthaberischen und ehrgeizigen Magier genügt und ich kann nicht mal mehr eine Kerze anzünden. Es ist das Bild der lachenden Berta, die Tränen in den Augen hatte, weil ich ihre Kette repariert habe, das mich befähigt. Die Freude der Leute. Dafür möchte ich meine Gabe einsetzen, vielleicht habe ich sie nur dafür bekommen", antwortete Myrra. „Ja, ich glaube, genau das werde ich versuchen. Meine Kunstfertigkeit in der Schmuckherstellung verbessern und den Leuten damit eine Freude machen." Je mehr sie darüber nachdachte, desto besser gefiel ihr die Idee.

„Hast du in deiner Schmiede dafür noch etwas Platz?"

„Ich denke, dafür könnte es noch reichen."

Liebe Leserin, Lieber Leser

vielen Dank, dass du dieses Buch gekauft hast. Es stecken viele Stunden mühevoller Arbeit darin und ich hoffe, es hat dich für einige Stunden gut unterhalten.

Teile deine Meinung über diese Geschichte mit anderen, indem du eine Rezension dort hinterlässt, wo du dieses Buch gekauft hast! Auf diese Weise kannst du mir Feedback geben und anderen Lesern die Entscheidung beim Kauf erleichtern.

Gerne darfst du mir auch persönlich schreiben unter folgender E-Mail Adresse:

aurelia.floss@gmail.com

Danke für deine Unterstützung!

Über die Autorin

Geboren 1989 in Süddeutschland lebt Aurelia Floss heute am Rande des Schwarzwaldes. Sie studierte nach dem Abitur Naturwissenschaften und arbeitet neben dem Schreiben an ihrer Doktorarbeit. Seit ihrer Kindheit hegt sie eine besondere Vorliebe für Fantasy-Romane. „Der tote Magier" ist ihr erster Roman.

Weitere Informationen unter:
www.aureliafloss.wordpress.com